U1020080

青红帮演义

吴虞公 著

中国文史出版社

图书在版编目（CIP）数据

青红帮演义 / 吴虞公著. -- 北京：中国文史出版社，2019.9

ISBN 978-7-5205-1800-0

Ⅰ.①青… Ⅱ.①吴… Ⅲ.①章回小说-中国-现代 Ⅳ.①I246.4

中国版本图书馆 CIP 数据核字（2019）第 286874 号

责任编辑：胡福星

出版发行：**中国文史出版社**
社　　址：北京市海淀区西八里庄路 69 号院　　邮编：100142
电　　话：010-81136606　81136602　81136603（发行部）
传　　真：010-81136655
印　　装：廊坊市海涛印刷有限公司
经　　销：全国新华书店
开　　本：787×1092　1/16
印　　张：11.75
字　　数：150 千字
版　　次：2021 年 1 月北京第 1 版
印　　次：2021 年 1 月第 1 次印刷
定　　价：36.00 元

文史版图书，版权所有，侵权必究。
文史版图书，印装错误可与发行部联系退换。

出版说明

中国的文学作品具有鲜明的时代特征。明清是小说的繁荣岁月，这两个时期留下了大量的小说作品。

这些作品不仅是研究中国文学的宝库，也是研究中国语言发展的资源。更重要的是，虽然这些只是文学作品，但是其中包含有大量的历史知识，通过这些作品，我们还可以了解明清时代的社会、文化、生活、经济等状况。

虽然明清时期留下了大量的小说作品，但多是刻版印刷而成，且质量参差不齐。鉴于此，我们整理出版《明清小说书系》丛书，一是希望能为中国文学史的研究提供一份助力；二是希望能为中国语言发展的研究提供一些文献；三是希望能为明清时期的历史研究提供一些资料。

以今天的观点来看，毋庸置疑，明清小说中存在很多不合时宜甚至是糟粕的东西，这是我们在此提醒读者需要注意的问题。我们希望读者能够在阅读的过程中，取其精华，弃其糟粕。同时，尽管我们兢兢业业，但不足之处在所难免，不当之处，敬请读者谅解。

序

刘关张之桃园结义不以同年同月生，愿以同日同时死；宋江吴用之梁山结义，誓曰有福同享，有难同当。后世江湖流亡之辈，山野桀骜之徒，互相结合，以成伟人团体，胥本斯旨。而所谓青红帮者，亦于是乎产生矣。迄今帮势蔓延，中国二十二行省莫不有彼辈之足迹，彼辈无论至何地方，均有同帮招待，故其势力日增月盛。凡社会上所发现之强劫暗杀各案，几无一案不与彼辈有关系者，言之至足惊人。虽然，青、红两帮内幕固自有别，青帮中流氓、探伙、差役、兵勇等为多；红帮则光棍、盐枭、强盗、长江兄弟等居多。江湖上虽有青红不分家之名称，论其实际，凡入红帮者，皆进青帮门槛；而入青帮者，未必皆入红帮门槛也。

友人苏君际青，于前清为团总，所部士卒皆在青红帮，而苏君为之老头子。苏君之言曰：“凡治军者，能以帮规严勒所部，则兵士皆听约束，一切法纪军律，俱具文耳。”余骇然曰：“帮规之严，果如是耶?”苏君曰：“岂止此哉！凡在帮者，须绝对服从老头子，老头子命尔死，尔不得不死；老头子命尔生，尔亦不得不生。故帮中人咸有一种特性，曰：不怕死。此不怕死之特性，善用之则为侠义；不善用之则流为剧寇。重然诺，轻金钱，爱朋友，敬长上，临难不惧，赴死不顾，此帮徒中之侠义者也。知帮规而不顾法纪，逞残杀而罔恤同胞，勒索乡民，劫掠富户，此乃帮徒中之败类矣。”余瞿然曰：“信斯说也。帮徒中多血性男儿，苟有智者能利用之，以为国家驰驱，可以扬国威，雪国耻。乃彼辈终于青红帮，犯上作乱，为世诟病，何哉？”苏君曰：“辛亥光复之役，彼革命党员，十九青红帮也。否则革命成功，决无如此之速。”余憬然曰：“青红帮之历史，必有可观。君能为我述之乎？”苏君曰：“诺。”于是上自结帮原始，下迄革命成功，原原本本，详述靡遗。余遂信笔载之，历半月而始毕。书既成，题曰《青红帮演义》。

呜呼！我著《青红帮演义》，我怒，怒我国政府无道，官吏昏庸，社会上多不平事；我著《青红帮演义》，我喜，喜政府虽无道，官吏虽昏庸，社会上虽多不平事，而有血性之男儿竟能结合青红帮，以抵抗政府与官吏；我著《青红帮演义》，我哀，哀青红帮之分子良莠不齐，不能成大事；我著《青红帮演义》，我乐，乐青红帮中多奇伟之士，喑呜叱咤，不可一世，其所作为令人气壮；我著《青红帮演义》，我惧，惧其党徒皆以杀人越货为事，桀黠之徒复倚帮中势力以欺压良民，而良民不能安枕，社会不平益以加甚；我著《青红帮演义》，我爱，爱其人侠义，爱其事诙奇，爱其血气，爱其天真；我著《青红帮演义》，我欲，欲青红帮中人皆以其不怕死之特性，以对敌国，内以勤正，当之职业，外以御不共戴天之强暴。则所谓青红帮者，不以青红帮修爱国男儿之名，行见洋溢乎世界？我著此书，而七情动。呜呼！我意如此，作《青红帮演义》，不知青红帮兄弟以为何如也？

民国十一年夏节，常熟吴虞公序于上海世界书局。

目　录

第一回

演武场小英雄失仪
集贤镇老将军杀虎

话说明朝末年，李自成作乱，崇祯帝自杀，吴三桂因为爱妾陈圆圆被李自成占了去，冲冠一怒，借得清兵入关，虽然杀败李闯，报了冤仇，却把天下江山，平白地送给了爱新觉罗氏。清朝自从世祖定鼎北京，打平天下，直到高宗时代，已经百年。那时五谷丰登，人民安乐，所以乾隆皇帝几次巡游江南，做了六十年太平天子。

且慢，那时果真天下太平，这部演义又说些什么？自古道："患生于所微，祸生于所忽。"乾隆帝自负聪明睿智，政必亲裁，谁知早已伏下祸根，至今二三百年，仍是没有扑灭，百姓受累不浅。这个祸根，究是什么？诸君不要心慌，待我慢慢道来。

却说乾隆十二年秋间，淮安府教场上打扫得干净，中间演武厅前，竖起两面黄龙大纛旗，秋风猎猎地吹着，气势甚是雄壮。五百军健分立教场两边，一个个宝刀出鞘，刀光似白雪一般，耀得人眼花缭乱。不多一会，武主考黄定忠率领一班恶狠狠的教师，都到演武厅前坐定。各属县武生前来考试的，有三四千人，跻跻跄跄拥在教场里头。一声炮响，把教场门关了起来，那时人声寂静，只待主考点名发令。

隔了好一会，只听得演武厅上发令道："山阳县武生赵文炳演试武艺。”那时武生班中，走出一个瘦小后生来，立在教场中间，先试千斤石。那块青石足有台面来大，那武生蹲身下去，不慌不忙扶到胸前，又慢慢地放了下去。众人看了，暗暗叹服，主考更是欢喜。那武生又取了十二力宝雕弓，站好步口，拽开弓弦，觑得靶子较切，连发三箭，不偏不倚，都射着红点子上。这一来，众人都喝彩，主考一发得意。那武生演罢，退入班中。

演武厅上又发令：“山阳县武生翁麟瑞演试武艺。”一声令下，教场中奔出一个伟少年来。那人生得燕颔虎额，熊背狼腰，年方一十七岁。因为他生性憨直，武艺高强，惯打不平，山阳一县泼皮都怕惧他，唤他叫作镇山阳翁麟瑞，着实是个少年英雄。那天到了教场里面，看看几块千斤石，都不及方才赵文炳演过的大。他本来好胜，便也取这最大的千斤石扶到手里，觉得不甚重，双手一托，托将起来，那块石头已托在他头顶之上，自肚里思量道：“这却作怪，怎么一块很大的石头，约莫只有一二百斤重？且不要管他，待我再来试它一试。”想着便把那石向着空中只一丢，有二丈多高。落下时，双手向前一接，恰巧跌在手里。又是一丢，丢在原处。众人看得呆了，都想从来考武，却没有见过这等有气力的武生。又看他面又不红，气又不喘，更加叹服。

那时，主考黄定忠看了，吃惊不小。翁麟瑞丢了石头，走到考官面前禀道：“非是学生力大，其实这块石头只有二三百斤，莫非有弊？请老师做主。”主考听了，大怒道：“考试大典，谁敢作弊？快退下去，再演弓箭！”翁麟瑞只得退下，又去架上取了一面十八力宝雕弓，隔开靶子一百步远近立定了，搭起弓箭，左手如托泰山，右手如抱婴孩，尽平生之力，扣得满满的，正待射出去，只听得拨刺一声，把那弓背折断了。翁麟瑞丢在地下，口里说道：“这面弓，却恁地不中用，如何一拉便折了？”此时众人看见，尽皆吃惊。主考拍案大怒道：“小子如此无礼，在教场中演武，全没些儿礼节，快与我逐出教场，不准考试!”旁边众武师齐声劝道：“这武生折了弓背，虽然有失仪礼，其实有气力。这数千武生中，只恐无人及得他。主考选拔人才，请另眼相看，勿拘小节。”主考冷笑一声道：“他果然有气力，可把三十力铁胎弓拿来，叫他试一试。他若拉得来时，便提拔他。”说着，便叫左右到武库里去，抬出那面铁胎弓来，放在教场中。

众人此时都要看翁麟瑞显武艺。翁麟瑞取弓在手，看弓背上镌着“常遇春”三个金字，不觉吃了一惊，自忖道：“往常多听得师父说，常遇春一张弓，与宋朝岳飞的相仿，足有三百斤。臂膊里没有一二千斤气力时，如何拉得开？刁恶的主考，取出这张弓来，不是特地来为难我？他人不敢拉，我却偏要试一试。”那时弓弦没有扣好，翁麟瑞想要扣上去，却哪里扣得上。原来施用弓箭，也有个道理。大凡扣得上弓弦时，便可以用得这张弓。那张常遇春用过的铁胎弓，藏在武库里几百年来，没有人扣得上，所以无人敢用。翁麟瑞看看扣不上，发起狠来，没命地把那张弓折转来，居然被他扣上去。那时众人不知就里，并不称奇。主考心中明白，看见了，如何不吃惊？那时翁麟瑞扣上了铁胎弓，心中好不欢喜，摆好步口，取弓在手，拔了一支箭，搭上弓弦，要想拽开弓射将去。只是气力用尽了，哪里拽得开！当下主考黄定忠见他拽不开弓，心中暗喜，却装作满面怒容，拍案骂道：“这小子全没本事，弓也拽不开，却来这里逞能，有失考场仪节!”喝令左右，把他驱逐出场。此时众武师不敢劝阻，由他将翁麟瑞逐了出去。众人见了，尽皆叹惜，都说：“这般好武艺，何人及得？却因失仪被逐，可惜可惜。”这一场考试完毕，那瘦小后生赵文炳，却是第一名武秀才，不在话下。

再说翁麟瑞出了教场，心中纳闷，自念：“师父教我十八般武艺，件件来得，只望我功成名就，将来同国家出力。如今白手回来，何颜再见师父？叵奈黄定忠这斯，有心要算计我，指我失仪，逐我出场。这冤仇不报，如何出得我心头之愤？也不算好男儿。”又想：“我父母早已没了，师父又没儿子，从小教养我，认我做义子。我若不回去时，又累得他心慌。”正在委决不下之时，对面撞来一人，将翁麟瑞一把胸脯扭住，说道：“考场没有散，你到哪里去？”翁麟瑞抬头看时，认得是师叔归槽马林锦。当下林锦放了手，问道：“你何以此时出场？”翁麟瑞叹口气道：“叔父，一言难尽。”便将如何丢弄石头，如何折损弓背，主考如何为难的事，一一说了。林锦听罢，不作一声，但说道：“你师父在家，恐你在教场中失仪，特叫我来指导你。只因迟了半天，不曾和你见面。既然如此，快回去见了师父再作理会。”翁麟瑞只得跟他回到师父家里，拜见师父，将前事各细说了一遍。师父笑道：“这事何足为奇？世间屈没人才，也不是你一个。你再用心习练三年，总有出头之日。”原来他师父姓张名岳，练得一身好武艺，再兼天生神勇，万夫莫敌。雍正初年，投年羹尧部下，充个步卒，随他平定青海，积功升了千总。因为年老乏嗣，还家休养，教授拳棒为生，年已五十余岁。其人生得身躯肥硕，须眉伟然，因此人称老将军张岳。手下有徒弟三五百人，只爱翁麟瑞天性真实，体格强健，把平生本事尽教授他，认为义子。这一天翁麟瑞被逐回来，张岳并不见怪，林锦也自告别回去。隔了三天，武榜揭晓，张岳得知赵文炳第一名中选，叹口气道：“国家考选武士，那些考官直当作儿戏一般。这场考试，别人考了第一倒也罢了，只这赵文炳，是沿壁鼠李仁的徒弟，人又生得瘦弱，至多有一二百斤气力。只因他是赵协统的儿子，考官就抬举他，这样如何平得人心？”翁麟瑞听他师父之言，说道：“恁地看来，前天那块台面来大的石头，果然有弊。考官有了这种心思，如何选得出真才实学？我一世也不再去考。”

说到这里，只见外面奔进一个人来，口中嚷道：“反了！反了！”张岳、翁麟瑞抬头一看，认得是林锦，慌忙问道：“什么反了？请坐了再说。”林锦只管说道：“新任孙知县，委泥身金刚李得充了捕快。那人倚仗知县势力，无恶不作。有个把兄弟，叫作爬山虎何义，往常在海州一带做贩盐私商，知道我在集贤镇开设官盐局，生意发达，约了三五十个枭匪到我局里，把局员赶散，公然把这盐局占去。镇上虽有兵勇驻扎，却早已有李得吩咐，不敢预闻。我到县里去告发时，半路上被他们截住，不许进城。我想这孙知县做事糊涂，就去告发也不能得直。张老将军，请你替我想个法子，救我一救。”翁麟瑞听罢，叫起来道：“清平世界，如何容得这样人？他们有官长保庇，眼见不能和他讲理。师父，我们去捉住那厮，再作商量。”张岳道：“不得造次！这李得我也相识，待我去和他说话，却再理会。”说着，立起身来，对翁麟瑞道：“你服侍林师叔，沽几斤酒来，在家只顾吃，我自去会李得。”说罢，拔步便走。

赶到城中县衙里，寻着了李得，招到酒店里坐定，酒保盛上酒菜来，张岳便开言道：“李大哥，今日小弟到此，有事奉托。”李得道：“将军有何事见委？但说不妨，小弟理当尽力。”张岳便将爬山虎何义强占盐局的事说了一遍，且道：“闻得这位何义，是大哥的至交，因此特来相烦，请大哥去劝他让还了盐局，免得大家朋友分上不好看。”李得听罢，呆了半晌，答道：“将军别事见委，小弟无有办不到。这却有些为难了。”张岳道：“解铃还须系铃人，老兄何必推却？”李得道：“将军不知其详，容小弟奉告。当初何义从海州来时，说起要占据林锦所开的盐局，我却不知林锦是怎样人。因为何义是我至交，就允他帮忙。现在已经到县备案，许何义营业。这件事如何翻覆得来？并且何义这人，生来不怕事，我去劝他，必不肯听。”张岳道：“如此说时，我与你同去走一遭如何？”李得道：“将军肯同去最好，可知小弟不是说诳。”说着，吃了几杯酒，付了酒钱，同了张岳奔集贤镇来。

其时秋末冬初，天晚得快，集贤镇离开城子有十里足路，走到盐局门首，已是初更时分。但见灯烛辉煌，正在大宴宾客。远望正厅上，放着五六席酒。只见李得走到厅前，高叫道："何义兄弟，如何不请我吃酒?"那主席上坐的何义看是李得，慌忙立起迎接。李得道："还有老将军张岳在此，要和兄弟说话。"何义道："什么老将军，我却不认得。"李得道："便是山阳县有名的老将军张岳。"何义道："姑且请来吃一杯酒。"李得便出厅来，招呼张岳进内。相见已毕，张岳便就客席上坐了。打量何义时，有五尺余身材，四十多年纪，生得颧高额广，两目凶光暴露。三人入席，酒过数巡，张岳忍不住，目视李得，叫他说话。李得便开言道："何义兄弟，今日老将军约我到此，非为别事，只因这开盐局的林锦，是老将军师弟，特来和你相商，把盐局让还了他，我自有位置给你。"何义闻言大怒道："李大哥，你却也来长他人志气，灭自家威风，恁地好说话！什么老将军、小将军，我都不认得!"张岳忍住气道："老兄息怒，听我一言。走遍天下，总有一个道理。林锦的盐局，被你占了，如何肯甘心？你既然得手了，叫你让出来，你也不情愿。我却有个计较，你若让了盐局，我和李得担保，叫林锦让你在此镇上再开一所，分别营业，各不相犯，恁地时，大家好看。"何义一闻此言，怒气冲天，圆睁双眼喝道："你是怎样狗才？到这里来欺负我！须知我在海州一带，纵横数百里，谁不知我叫作爬山虎何义？我要怎的时，谁敢道个不字？你要我让出盐局，我也可以，只问我三千兄弟肯也不肯?"张岳道："你休得逞强，毕竟不肯让出，也好商量，何必把三千兄弟来压倒我？我虽老朽，千军万马中，也曾杀得进杀得出，却不曾见如此不讲情理的汉子。"何义听了，一发大怒，狂叫道："谁替我把这老头子撵出去?"说犹未了，只见五六桌酒席上的宾客，恶狠狠地围了上来，有几个摩拳擦掌，欲待出手殴打。

这时张岳再也忍耐不得，须髯倒竖，怒发冲冠，霹雳也似大吼一声，霍地立起身来，双手一挥，早跌倒了十来个。何义更不多言，一脚踢翻了桌子，直扑张岳。张岳趁势一闪，待他扑到怀里，就他背脊骨上只一拳，打倒在地，翻转身躯，骑在何义背上，提起拳头，对着后脑壳上扑的一拳，只听得似敲碎瓦钵儿一般声音，脑浆迸裂，血流满地而死。张岳见打杀了人，并不慌张，跳起来道："谁敢上前，以爬山虎为例。"众人远远地望着，哪里敢上前。这时李得惊得呆了，也不敢来说话。张岳见无人敢来，走出厅来高叫道："一身做事一身当，我自去自首。"说着，放步狂奔，众人何敢追赶？一转眼不见了。

却说张岳一径奔到家里，已交三鼓，不见了林锦、翁麟瑞二人。问守门的，但说喝罢了酒，出外散步去了。张岳等了好一会，才见林锦、翁麟瑞二人缓缓归来，急问："那事办得怎样了？"张岳道："那厮不肯让，还出言不逊，被我一拳打死了，我就要去自首，特来嘱咐你们几件事。"言犹未了，翁麟瑞大叫道："师父，这个如何使得？如今县官糊涂，若去自首，必然受苦。为了这件事吃官司，不值得。"林锦也道："师兄万不可去自首，暂时避一避，兄弟自有去处，可以安身。"张岳尚未回答，只听得军号乱鸣，有如追杀敌人一般。只见守门的奔进来道："不好了！有三五百官兵奔杀将来！"张岳走到门口一望，但见火把齐明，相去不过一二百步。正要回转身时，只见翁麟瑞已经轻装缚裤，帕首短靴，手执双刀，冲出大门，迎敌官兵。张岳顿足道："如此却弄坏了。一不做，二不休，杀一阵也好。"当下便与林锦各执武器，呐喊一声，杀出大门，与官兵接战。这一来有分教：杀一条血路，结几个英雄。正是：

一旦英雄归草莽，百年湖海闹风雷。

欲知翁麟瑞等迎敌官军胜负如何，且听下回分解。

第二回

西天王独霸清河县
东方亮称雄白水村

话说当时翁麟瑞手执双刀，直冲官兵，勇气勃发，锐不可当，刀光起处，人头落地。接着张岳、林锦赶到，一发将官兵杀得尸横遍地，血膏原野。那些见机的官兵，见不是头，纷纷弃了火把刀杖，四散奔逃，才得保了性命。张岳见官兵已逃，便止住翁麟瑞道："这事本与他们无干，我们不得已，把他们杀了几十个。已经逃走的，不必追赶，回家却作计较。"当下三人回到家中。看看翁麟瑞身上，都是血迹，林锦便道："现在事体弄得大了，想知县必定申详上宪，统领大兵前来剿捕。我有一个至交好友，姓宋名杰，自命西天王，为人勇迈绝伦，广有谋略，现在清河县居住，教授拳棒。市井泼皮都拜他为师父，所以羽党众多，开场聚赌。知县奈何他不得，反而结识了他。叫他去驾驭那些泼皮，才能保得地方安宁，其人因之独霸清河一县。与小弟总角之交，若去投奔他，必然收留。"张岳道："事已至此，除了这着，没有别法，姑去走一遭。"便与翁麟瑞换了衣服，收拾物件，给几两银子与守门的，叫他自去作生理。林锦本没家眷，即便率着张岳、翁麟瑞，共三个人，连夜投奔清河县来。

原来山阳、清河两县相连，到宋杰家里不过三四十里。步到东方发白，晓日初出，已至宋杰门首。林锦举手敲门，里面老奴才出来开了，便问：

“林大官人，如何来得恁早？请进。”三人客堂坐下。奴才道：“此刻家老爷尚没起身，待奴才去请他起身。众位少坐。”说着，关上大门，便进内室，唤起宋杰。宋杰知道林锦来了，慌忙起身出来，径到客堂。叙礼既毕，问了张岳、翁麟瑞二人姓名，宋杰便道：“久闻二位英雄大名，一个是老辈中健者，一个是青年中俊杰，今日得见，实为幸甚。”张岳看看宋杰，生得短小精悍，三十岁左右，谅他可以做些事业出来。当下四人坐定，林锦便将盐局如何被夺，张岳、翁麟瑞如何义愤杀人的事说了一遍。宋杰大喜道：“天下有这样不平的事，如何忍耐得住？张将军、翁阿哥做事爽快，可敬可敬。但是事情弄大，官厅怎便干休？定必发动通缉公文，命各州县缉捕。众位现在打算到哪里去？依小弟愚见，众位出门，遍地皆是荆棘，不如便在舍间暂避几时，谅官厅不敢前来搜捕。待等案情淡了，再与众位出来做一番事业如何？”林锦等欠身答道：“我等到此，正要请大哥收留。既蒙大哥允诺，感激不尽，将来自当图报。”宋杰谦逊一番，心中自然快活。便有奴才取出热水四盆，各人盥洗已毕，又大家吃了点心。从此张岳等三人住在宋杰家中，宋杰每天用好酒好食相待，不在话下。

时光迅速，忽已过了半月有余。翁麟瑞天性好动，住得很不耐烦。一天，只见一个公人模样的走进门来，见了宋杰，跪了一跪，说道：“有事奉禀，乞退左右。”宋杰道：“但说不妨。”那公人道：“听说老爷有个朋友叫作林锦，唆使张岳、翁麟瑞二人打死何义，拒敌官兵。现在山阳知县行文本县，委托加意访拿。昨天有人到县告密，说起林锦等三人现住老爷家里。知县相公听了这话大为震怒。便差壮健快役三四十人，要到老爷这里来搜人，因此特来知照。”宋杰听了笑道：“哪里有这件事？让他们来搜便了。若然搜不出时，我却与他讲话，你自回去。”那公人便告辞而出。宋杰便去见林锦等三人，告知此事。翁麟瑞道：“既然如此，我们自投别处去，不可连累大哥。”张岳也道：“恁地时，我们自己投案。”宋杰道：“三位休如此说。谅我宋杰家中，他们做公的如何敢来搜人？只是风声传布开去，很不稳便。不是小弟不留众位，只是众位都是有为之人，常在这里，如何有出头之日？小弟有个结义兄弟，现在徐州，聚集八九十个死党，专贩私盐，沿海一带，极有势力，常常拒敌官兵，因此立足得住。人家因他惯会游泳，能识水性，称他叫作海白虾王四。我当写一封信，请三位带去见他，他爱好交接豪杰，见了三位必然欢喜。徐州离此，不过六站路途，三四百里，数日可到，我当护送三位出了县界，然后回来。”三人听说，甚为欣慰。次日宋杰写了一封信，交与林锦，备了盛筵，与三人饯别。席间，自然各谈平生志愿，个个眉飞色舞。酒罢，时已昏夜，月上东山。张岳道：“我们趁着月色，正好出城。”宋杰道：“将军说得是。”便取出白银百两，送与三人作为盘费。送出北门，洒泪而别。宋杰自回家中，不在话下。

当夜，张岳、林锦、翁麟瑞三人出了北门，乘了月色，悄悄地一路行来。行了三十余里，看看月色西沉，天将明亮，走过刘皮集前面，便是一带森林。张岳道：“你们仔细，徐州道难于山东道，这里强人出没，不要着他们的道儿。”翁麟瑞道：“师父不要担心，他们一个来杀一个，二个来杀一双。”言犹未了，只听得马蹄声响，那森林里冲出三匹马来，骑着三个壮士。张岳等抬头一看，月光之下不甚清晰，但见一色武装打扮，身穿密门纽对襟小袄，辫子盘在头顶，每人手执一柄长枪，骤马过来。张岳知是盗匪一流，急忙知照翁、林两人，暂时躲在林子里，不要多事。翁麟瑞只做没有听见，蹲身地下，待三盗马到，麟瑞掣出利刃，大吼一声，砍断了两只马腿，马上那盗一跳至地，丢了手中长枪，拔出短刀，与翁麟瑞决斗。后面两骑直趋过来，却被张岳、林锦二人接住。月光之下刀枪并举，酿成一团杀气。斗了十余回合，三盗力怯，料敌不住。下马的那盗忽然大呼道：“输了！输了！”说着，拔步便走，麟瑞随后便赶。那盗只望林子里一闪，便不见了。麟瑞恐有变故，不敢追迫，正想来助林锦厮杀，只见马上两盗早已滚鞍下马，伏在地下请罪。原来已被张岳杀败，情愿投降。只听得张岳问道："你们三个人，决不是安分之辈。"那一盗道："不瞒大汉，某等兄弟三个，一母所生，自小爱好拳棒。后来父母死了，没有衣食之所，空有了一身武艺，也没处摆布。不得已，兄弟三个商量，在此做这犯法的勾当。这几匹马，也是劫夺得来的。这里群盗如毛，只我身体最大，人家都称我叫作丧门神潘阿仁；二弟生得面貌丑陋，人家都叫他青面獠牙潘阿义；三弟生得身躯肥大，有些憨气，人家叫他老牯牛潘阿礼。我们阿仁、阿义、阿礼兄弟三人，在此一载有余，专门劫夺贪官污吏。若是贫困商旅，不敢相犯。如今既被好汉杀败，听凭发落，虽死不怨。"翁麟瑞听罢，便对张岳道："他们只劫贪官污吏，原来也是好人，师父不可杀他。"张岳点头称是，扶起二人。林子里的那人，见没事了，也走出来，望着翁麟瑞等便拜。

当下六个好汉，就月光之下一片空地上坐下。潘阿仁等闻知张岳等姓名，大喜，愿拜张岳为师，跟随左右。张岳不肯答应，经不起潘阿仁等苦苦恳求，只得应允了，当下受了潘氏三兄弟拜了三拜。说起要去投奔徐州海白虾王四的事，老牯牛潘阿礼大声道："师父，师兄，快不要去，听得那人气量狭小，此去必不见容。不如就在此处做这道路罢。"张岳道："你如何知道他气量狭小?"阿礼道："他每年贩私盐总要几万包，兄弟们没有盐用，向他借些，他总不肯。我以此知道他小气之辈，瞧不起他。"张岳道："这是传闻之词，何能作据?我有西天王宋杰亲笔信函在此，若去投奔他，必然厚待。"阿礼道："什么海白虾，有何本领，值得师父去投奔他?你们去，我不去。"阿仁、阿义都大喝道："三弟不得狂言，你若不随师父去，我们杀了你却去。"阿礼笑道："我去，我去。"六人立起身来，弃了马匹，一同行走。转过了林子，就是一带茅屋，内中有一所破旧不堪的，阿仁指着道："这便是草舍。肚中觉得饥饿，家中有煮熟的白米饭，众位进内吃了几碗再说。"说着，引了众人到草屋里坐定，阿义去盛出六碗饭。阿礼道：

"你这人好不知趣，瓦缸里还有半缸高粱酒，如何不将出来喝？难道还要带到海白虾那边去不成?"阿义道："酒是有着，只没有菜。"阿礼道："那只老母鸡留它做甚？一发煨来吃。"说着，使自去捉了母鸡，把来杀了洗了，放到灶里去煨熟，将出来吃。翁麟瑞吃了称赞道："果然香味扑鼻，好吃。"阿礼道："这个煨鸡，是我拿手酒菜。师父、师兄果然要吃时，待我再去取几只来。"阿仁责备他道："你又要去偷鸡了？好不长进!"说得众人都笑起来。众人吃罢了饭，时已四更。张岳催促动身，恐怕日间行路易惹人疑。于是大家立起身来，不顾什么，一同赶路。

六人放步前行，过了五六里路，却是一个高丘，四顾无人，并无村舍，一面靠着高原，一面临着太湖。看看天将破晓，东方发白，景色好不凄凉。正走之间，忽见前面来了一个大汉，右手持白刃，光彩烨烨，左手持着人头一颗，血水淋漓，直奔过来，见了潘氏兄弟，打了一跪，说道："兄长久违。"说罢，立起身来，一径去了。张岳等却呆了一呆，知道潘氏兄弟在这地方颇有势力，也不便多问。行不到三五里路，忽听得枪声大震。又行不过五六十步，忽见临河一带聚着一二百人，各执白刃，正在那里厮杀。内分黑白两队，中间立着公证人，手执红旗，两方血抟肉搏，杀得落花流水。杀死的，由那公证人去丢在河里，随波逐流而去。张岳、林锦看了，叹口气道："人说徐州道难于山东道，真不诬也。看此情形，实在可惨。"翁麟瑞道："他们如此行为，必有不得已事。用武力解决，倒也爽快。我们何不去看他一看?"张岳正待阻止，只见潘阿义说道："师父师兄若要去看时，小可便当引领前去，一发收了他们到海白虾王四那边去也好。"众人大喜，便随着潘阿义趋到河边。阿义大喝一声道："众兄弟，快快停战，青面獠牙来也。"

那时，一二百人闻了此言，果然大家住手，举刀为礼，当下潘阿义道："你们倒打得起劲，现在我来做公证人，看看你们武艺如何?"说罢大家拍手欢呼。只张岳阻止道：“我看这许多兄弟都有胆量，放他们自相决斗，不是自己折了锐气？不如替他们说和了，一同去寻着海白虾，好做大事！”潘氏兄弟闻言个个赞成，便将此意告知大众。那一二百个小喽啰也极快活，只内中有个喽啰挺身而出道：“万万不可！我等兄弟皆受东方亮陈园大王节制，如今不得大王命令，如何可以使到徐州去？况且海白虾王四嫉贤害能，不是大人大物，我们若去投奔他，不是自寻死路么？”众人听了此言面面相觑，只见潘阿礼大怒道：“现在我们要去见王四，志愿已决，谁敢道个不是，须吃我一刀！”众人闻言，不敢作声，弄得那些小喽啰一无摆布。潘阿礼正待发作，只听得高原上一声锣响，奔出二三百人马来，直趋河边，要杀阿礼，正是：

百万英雄齐鼓掌，算来都是一家人。

欲知潘阿礼性命如何，且听下回分解。

第三回

感怀旧事樽前放歌
缔结新交月下比剑

话说老牯牛潘阿礼因见有个小喽啰不肯去投海白虾王四，正要发作，只见高原上奔下二三百人，要杀阿礼，阿礼不顾利害，迎敌来人，却被阿仁一把拖住。那二三百人中，为头的一个好汉，生得黑矮肥胖，相貌不俗，身穿蓝色紧身小袄，月白色湖绉短裤，足蹬快靴，手执利刃。左边随着一人，高举大纛，那纛上绣着四字道：“东方亮陈”。众喽啰一见，丢了枪械，伏地高呼千岁。潘氏兄弟知道东方亮陈园独霸白水村，人称陈大王，便也上前行礼。

那东方亮陈园原只与潘阿义一人认得，握手并肩而行，问起何以到此，阿义便将详细情形告知，又引着张岳等众人见了。陈园一见大喜，便道：“小弟多听得兄弟们说起老将军张岳、镇山阳翁麟瑞武艺十分了得，缘何要去投奔王四小子？想王四匹夫之勇，不能容物，他的绰号叫作海白虾。此地一带溪流，却叫白水村。他若要来此地比试武艺，我只消叫几个小喽啰去，便可将他丢到河里，真个做海白虾去。”张岳见他说得激烈，又见众人都说王四不是，便也不敢多言，但说道：“据此看来，王四这人难与交游，我们进退两难，如何是好？”陈园道：“久知将军神勇，又兼翁麟瑞、林锦扶助，还有潘氏三雄也是世间无敌，何不就到小寨去暂住几时？得有机会再图大举。小寨依山傍水，藏在密林之内，周围三里有余，形势非常稳固，地名白水村。村后一带白水溪，有六七里水面，直通运河，官商往来船只非常繁多。小弟手下，也有深识水性的兄弟三五百人，专派到运河里去做些事情。众位若肯留在小寨，陆路也可抵敌官兵，将来招兵买马，积草囤粮。汉高祖亭长出身，朱太祖做过和尚，一样可以成得大事。我们同心勠力，哪怕终究做强盗勾当不成？”张岳道：“陈大王言之极是。我等众人本无一定去处，若肯收留，自当竭力帮助大王，共成伟业。”翁麟瑞、林锦、潘氏兄弟听得张岳应允，各无异言。陈园一见众位好汉情愿帮助，十分欢喜。当下率领众人和几百小喽啰，直到树林去。曲曲折折行了一里多路，忽见一片广场，足有二三十亩大小，三面搭着草屋，中间一所高大房屋，门前竖着一面大旗，绣着“东方亮陈园大王”七个金字。陈园到得寨前，一声令下，小喽啰各自散去，只邀张岳等到得寨里大厅上坐下，吩咐安排酒食。

不一会，自有专管饮食的喽啰杀牛宰马，取将出来，陈园便请入座。张岳坐第一位，林锦坐第二位，翁麟瑞坐第三位，潘阿仁坐第四位，潘阿义坐第五位，潘阿礼坐第六位，陈园自己坐了主位，一共七个好汉。陈园看看众人，都是雄赳赳气昂昂，满心欢喜。斟过了一巡酒，笑说道：“当年托塔天王晁盖在东溪村七星聚会，有阮氏三雄，这里有潘氏三杰；那智多星吴用、入云龙公孙胜、赤发鬼刘唐，便似这里的老将军张岳、归槽马林锦、镇山阳翁麟瑞。”说罢，哈哈大笑，劝众人满饮一杯。只翁麟瑞听他口发狂言，心中好生不服，说道：“如此说来，不是大王自比晁天王么？”张岳恐怕翁麟瑞呐出什么话来，闹些意气，便插嘴道：“大王勇悍绝伦，爱才如命，真是晁天王。我等才疏学浅，如何比得上吴用、公孙胜？”陈园听了，益发大喜，谦逊了几句。大家谈论些枪棒，陈园听得翁麟瑞武艺高强，却因失仪被黜，叹息一会，说道：“好男子随便何处都有作为，这些黑暗官场，本来容不得我们。”

正在说得起劲，忽见十几个喽啰，缚着一个人进来，禀道：“兄弟们在树林四面巡防，只见这个撮鸟在那里探头探脑，不是奸细，定是来看脚路，所以将他捉住。只那撮鸟口口声声要见大王。”陈园等看那人生得眉清目秀，鼻直口方，三十上下，端的好相貌。又看他身穿玄色马褂，青灰色纻布长衫，却是文人模样。陈园问道：“兀那人，你好大胆，敢到这里来？”那人道：“这里真个是龙潭虎穴，我也敢来。”张岳听他出言不俗，便叫释了他缚再说。陈园果然命小喽啰将那人的缚释了，张岳便问道：“你姓甚名谁？哪里人氏？从何而来？”那人不慌不忙地说道：“我乃浙江杭州人氏，姓钱名保，绰号锦毛狮。自幼曾读诗书，后也学得一些拳棒，现自白鹤洞而来。”张岳听罢大惊道：“你当真是从白鹤洞而来？”钱保道：“哪个骗你？有诗为证。”说罢，便朗然吟道：

五人分开一首诗，身上洪英无人知。

此事传得众兄弟，后来相会团圆时。

钱保吟罢，张岳急忙立起来，携了钱保之手，一同入座，说道：“原来是一家人。适间无知，多多得罪。”钱保也不谦谢，便在上首坐了。陈园等众人见张岳厚待那人，大家莫名其妙。张岳便对众人道：“列位听者，想我当年随着大将军年羹尧平定边疆，一班出力健儿，未曾得着一官半职，退伍归田，结合一个天地会，几次起事，不能得利。后来头目陈近南知道时机未至，劝众兄弟暂时解散，隐遁江湖，广结党徒，口传暗号。陈近南在白鹤洞研究道教，所以天地会众兄弟相聚，若问何处来，必定说自白鹤洞来，这便是暗号。当陈近南与众人分别之时，又作了一首诗，便是方才钱保所吟的，以为众兄弟会合之证。我自别了陈近南，自知年老力衰，不能成得大事，到了山阳，教授拳棒。虽然翁麟瑞可以传我武艺，只没有把这事告诉他。今日得与钱保相会，实为意外幸事。”众人听罢，才知就里，个个欢喜，重整杯盘，大家奉敬钱保一杯。

钱保道："某有一言奉告众位。某自天地会分散之后，隐居杭州西湖，看看年华老大，一事无成。听得杭州有个蒋葵卿，在山东济南做了一任知府，五六年间积下造孽钱不少，金银珠宝充满官囊。现在卸任回乡，要从此间经过。自恨才力有限，这注大财不能独取。闻得此间陈园大王兵精粮足，可以一用，特来告知此事。不想被小喽啰拿来，却认识了众位好汉，荣幸之至。"陈园大喜道："钱大哥专程到此报告这注大财，小寨本来有五七百兄弟，又兼老将军张岳等都是龙虎之将，厮杀起来，谁人敌得？大哥且请痛饮，待他到来，自去劫夺。"钱保道："不然。大王与众位好汉神勇，谁人不知？只是蒋葵卿那厮十分乖觉，恐怕路上有失，特雇五个镖师一路护卫。小弟已探得仔细，那五个镖师，一个叫白额虎杨琪，一个叫笑面虎赵游，一个叫呼风虎李重，一个叫大尾虎李远，一个叫慈悲虎孙扑。这五个镖师结为兄弟，是虬筋虎骨的英雄，有万夫不挡之本事，人家称为五虎将，不敢正眼看他。我们若用强力去劫夺，就是夺得，也自折伤人马，所以这件事情只能智取，不可力敌。"翁麟瑞拍手道："钱大哥说得有理，用兵第一用智。"钱保看看翁麟瑞生得堂堂一表，相貌非凡，不觉暗暗叹赏。翁麟瑞又道："只是钱大哥有何良策，可以取得这注大财？"那时张岳、陈园等也急欲问计，钱保喝了一杯酒，对众人道："若要取这大财，只消如此如此，还可使这五虎将一同入伙，不是人财两得之计么？"众人听罢，莫不眉飞色舞。陈园依计而行，叫进一班小喽啰来如何如何吩咐一番，命令速去预备，小喽啰领令而去。

那时天色将晚，大厅上点起两支巨烛，一面叫小喽啰端整七间卧室，一面再叫酒来，饮至半夜方散。那时月华如水，照入中庭，钱保触动诗兴，漫声吟道：

竹影横帘，花阴碎地，独坐蕉窗夜悄。几处箫声，送冰轮晶皎。向银界拜启：何年望朔平判，何日盈亏方了？毕竟何时，永圆明昏晓？闻谁家，黛懒修，蛾懒扫。桐花下软语，低声祷。愿一夜清辉，照秋帆归早。得团圆，对月人偕老，金钱卦解释相思恼。谁知道，素女高寒，也忧心懆懆。（右调《拜星月慢》）

钱保吟罢，笑了一会，又吟道：

驹隙匆匆走，大都来花开花谢，不堪回首。宝剑沉沦红粉暗，日月年年如旧。莫道是无心出岫，狐鼠凭陵百十载，把江山锦绣落苍狗。天下责，匹夫负，男儿具副好身手，最难堪庸福当年，没名身后。明末三儒严种族，剩有千秋俎豆。须记取秀才消受。杀敌报仇分内事，红花亭血溅胡腰绶。痛祖国，尽杯酒。（右调《金缕曲》）

陈园等一班好汉不解诗词，只见那钱保击桌而歌，但觉好听，待他歌罢，拍手称赞。钱保笑道："这些吟风弄月之词，原是酸秀才一肚皮腐气，也值得众位称赞？今夜秋高气爽，月明如水，何不大家到广场里去，较量些枪棒？"翁麟瑞道："大哥之言正合我意，不知此间有甚精良的武器？"陈园道："有有有。"便去开了右边厢房，指着架上的刀枪剑戟，对众人道："列位要用什么，只管自取。"于是钱保取了一柄青钢剑，张岳取了一柄偃月刀，翁麟瑞取了两柄双龙刀，林锦取一杆短棒，潘阿仁、潘阿义、潘阿礼各取了一支梨花枪，陈园自取了一柄精钢短腰刀，一个个奔到广场。陈园一声呼啸，两边草房里走出二三百个小喽啰，月光之下，四面立定。

先是潘氏三雄趋到广场中心，举起梨花枪使了一阵。林锦提了短棒舞动起来，潘氏三雄退回。只见林锦那杆短棒，上下左右盘旋不定，果然纯熟，舞罢退立一旁。翁麟瑞拔出双龙刀，大吼一声，已到广场中心。但见两道白光，只在身上绕着，寒风阵阵，冷冷逼人。舞了一个双狮伏虎势，霍地收住，退回原处。陈园、张岳看得技痒，一个舞动偃月刀，一个使着精钢短腰刀，两把刀上下齐举，逼出一团杀气。两旁看的人呐喊起来，都道："舞得好也！"过了半个时辰，两人才收刀而回。钱保仗着青钢剑，缓步踱至场中，轻轻舞动，初则左右开合，后乃上下盘旋，舞了一会，那剑光如同电光一般闪闪烁烁，见渐渐地只一团白气，全不见些儿人影。众人看着，拍手欢呼，惊得树林里的宿鸟都飞起来，在天空中聒噪。这时众人看得呆了。霎时间，那团白光忽然不见了。正相惊讶，只见钱保自大厅上缓步而出。原来他舞得起劲时候，跃入大厅，收了剑，整了衣，重复出来。众人此时没一个不钦敬钱保的本事。大家较量武艺已罢，小喽啰各归本房，其时已经四更左右。陈园送了众人入房，各自安睡。

一宵易过，又是明朝。自此八筹好汉在白水村里演试武艺，操练喽啰。不觉过了六七日，小喽啰进来报称："大王吩咐的事，现在都已办妥，听候指挥。"钱保听得，便对众人道："既然如此，我当去探听蒋葵卿那厮何日到来，好去下手。"众人称是。钱保仍穿了玄色马褂、青布长衫，离了草寨，望北方大道而行。隔了三日，钱保回来报告说："蒋葵卿雇了五虎将，押着一百二十只皮箱，其中一半是衣服珍玩，一半是黄金珠宝，用五十只马骡负着，二百个军汉保护。探得详详细细，明天午刻，一定在此经过。"众人听了大喜，置酒相待。次日天明，钱保代陈园发令，命小喽啰如此如此一起出发。待到午牌时分，钱保率领陈园、张岳等，在树林里张望。只见数十辆马驴车子，已远远而来。正是：

安排伏虎擒龙计，劫夺贪官污吏财。

究竟钱保用何计策，劫夺蒋葵卿知府财物，且听下回分解。

第四回

锦毛狮计取黄金车
绣花豹义结绿林客

话说陈园、张岳等在树林里张望，见数十辆马驴车子远远而来，前有五虎将，后有众军汉。那五虎将之前，又有十数辆商贩车子只顾赶路，行到树林面前那大路上，却有沙石堆满，阻住去路，只有一条小径，弯弯曲曲，直通树林里面。这十数辆车子，一半停下歇息，一半只顾望树林里行去，安然无事。五虎将赶到，见大路阻住，不能通行，一齐住了脚。问那歇息的商贩车夫道："请问客官，这里一条大路，几时却被沙石塞满？"那车夫淡然答道："大约塞满了一两个月，现在只有一条小路好走。经过这个树林，便是大道。"五虎将中有一个说道："听得此处常有强人出没。这平坦大道，如何会被沙石填塞？莫非强人用计，引我们到树林里去，却来劫夺？须要仔细，不要落入圈套。"那商贩车夫笑道："你这人枉做了镖师，恁地胆小。我们贩卖米粮，一个月也走过四五遭，却没有遇着强人。你不见刚才五六辆车子，已转过树林里去了么？你若不信，待我们先行，做你们的开路先锋队。"说着六七个车夫，果然推了车辆，依着小路，望树林里去了。那时五虎将一则见大路阻塞，不能通行；二则见十几辆车子转过林子，并无危险，便也放大了胆，直奔林里来了。行不到五七十步，忽听得一声锣响，两旁大树背后，伸出十几个挠钩，把五虎将一个个生擒活捉去了。又是一声锣响，钱保、翁麟瑞、张岳、陈园、林锦、潘氏兄弟各执武器，率领三百小喽啰冲出林子，将几十辆车子的衣服、珍玩、黄金、珠宝一齐收下，又把二百个军汉团团围住，逼令投降。此时那些军汉见他们声势雄壮，料敌不过，只得一齐投降。蒋葵卿见此情形，只与家眷伏在车子里发抖。钱保命将蒋葵卿同家眷一起缚了，押着车辆军汉回寨。原来沙石塞住大道，故意辟条小路，和十几辆客商车儿引道，都是钱保的计策。

众头领得胜，到大厅上，一齐坐下，先叫小喽啰押解五虎将过来。五虎将押到阶下，钱保急忙下厅，亲解绳索，请五人上坐。五虎将道："既然就逮，何故厚待？"钱保道："兄弟久仰五位大名，江湖上称为五虎将，有心要来拜识尊颜。今日特地请来，何敢怠慢？"说罢，请五人坐定，酒食相待。又道："五位镖师学得一身武艺，保护那些富商大贾，原是不差，然而一班贪官污吏、奸猾商人，搜刮民脂民膏，只图一人富贵，我们劫夺他的财帛，杀害他的生命，也不为过。那蒋葵卿做了几年知府，贪财纳贿，黑地昏天。五位深知大义，如何替他保护？"笑面虎赵游答道："吾等五人结为兄弟，专司保镖，不知其他。若有人来雇用我们，我们便当尽力保护，别的事一概不管，各守本分。他人的有义无义，何敢去顾问？"钱保道："大哥之言差矣，大丈夫顶天立地，第一要立个志愿。若然万事不管，只替人家出力，与奴才马牛何异？这不是太没志气了么？"这一席话，说得笑面虎默默无言。钱保又笑着说道："五位大哥不要见怪。这里陈园大王爱才若渴，一心要想叫小弟来请五位入伙，实缘不得其便。今日相遇，何肯错过？便请坐一把交椅，平秤分金银，整套穿衣服，岂不大妙？"陈园也接着说道："五位听禀，兄弟自幼学得武艺，苦无出头之日，一心结识天下英雄，要做些大事业来。现因时机未到，权在此间落草。五位若肯屈留小寨，共成大事，实为荣幸。但是我们虽然做这绿林豪客的勾当，却也明白大义，保护安分客商、清慎官吏，专劫不义之财，专杀无耻之辈。所以四方豪杰闻得我们如此，都来归附。三五年间，已有一千余人马。若蒙五位不弃，就请入座。”那时五虎将见众好汉义气深重，苦苦相留，只得投降。钱保、陈园一班头领心中大喜，邀请五位入座，重定席次。陈园第一位，张岳第二位，钱保第三位，林锦第四位，翁麟瑞第五位，潘氏弟兄第六、第七、第八位，五虎将中杨琪第九位，赵游第十位，李重第十一位，李远第十二位，孙扑第十三位。一共十三个头领，团团坐定，共饮庆贺酒筵。陈园命把金银车辆取来，检点价值，有十万两上下。陈园把来分为二十份，十三个头领各取一份，其余七份分派了小喽啰。又吩咐将蒋葵卿一家眷属，只管软禁，不要伤害性命。把二百个投降军汉，令命编入喽啰队伍，一概有赏，众军汉自然欢喜。

布置已毕，开怀畅饮。翁麟瑞道：“现在寨里兵多将勇，粮足器精，果然发达，但是据我看来，只恐喽啰忒多了，反为不美。”潘阿礼大声道：“翁大哥说什么话？今天得胜回寨，共饮庆贺酒筵，何以出言不祥？一定要罚你三杯。”只钱保忙问翁麟瑞道：“大哥此言必有高见，愿闻其详。”翁麟瑞道：“某闻名将用兵，宜守兵法。我们大寨筑在树林里头，若只有四五十人出没其间，自然稳当。现在兵多粮足，假使被敌人得知，一把火烧将起来，却到哪里去躲避？我们虽然杀得出，只一班小喽啰和许多粮草，不是要尽葬在火窟里面么？”这几句话，说得众人如梦方觉，大家有些栗栗危惧起来。钱保拊掌而起道：“小弟愚昧，今被翁大哥一语提醒，才知此间危险。”张岳也道：“麟瑞虑得极是。当年我从年大将军出征，蛮苗依林结寨，被年大将军放一把火，烧得他们上天无路，入地无门。此间形势与蛮苗的山寨相仿，不可不防。”陈园也道：“昔者刘备依山傍水，连营七百里，也被陆逊火烧，大败而回。兄弟也曾看过《三国志》，如何计不到此？惭愧惭愧！”两边潘氏兄弟一班头领，听得恁地议论，一个个焦躁起来道：“恁地时，如何是好？我们快投别处去罢，寻着了一个安稳的去处，却再说话。”张岳沉吟了一会，说道：“众位不必心焦，兄弟有一计在此。陈大王本有六十只战船，装成商船模样，派到运河里去，袭劫水路。现在只派三十只出去，留三十只停泊白水溪，伏在寨后。若然陆路有警，可敌则敌，不可敌时，便到船里暂避，那就不至于全军覆没了。”众人听罢，都道：“老将军的计策甚是稳善，请陈大王急速发令，收回战船，在山寨后停泊。”陈园果然便叫水路小喽啰进来，发下号令，召回战船三十只，小喽啰领命去了，不在话下。

却说大厅上众头领开怀畅饮，引吭欢呼，钱保忽然立起说道：“众位暂请坐定，某有一言，现在召回船只，以防不测，计策果然安稳，只是退步之计，终非长久之道。若然陆路草寨果被官兵烧了，退在战船里头，却再到何处去安身？兄弟有个好友，家居安庆，富有财产，慷慨好施，结纳四方豪杰，姓潘名安，为人广有谋略，素来有小子房的声名，并且相貌清秀，举止翩翩，人家替他起个绰号，叫作绣花豹。如今我想去访问访问，顺便问他有什么稳善的地方，可以容得我们。他不但朋友众多，见闻广阔，并能熟知天文地理。世间若有形势所在，像宋公明的梁山泊一般，他无有不知，无有不晓，我去问他，他必然见告。兄弟想与翁麟瑞同去走一遭，明日便行，迟则一月，早则半月，便当回寨报命。不知众位意下如何?”翁麟瑞便道：“小弟愿随大哥去。”陈园也道：“大哥肯与山寨出力，再好没有，明天便当设筵饯别。”众头领也各欢喜，又饮了一会，方始散席。次日钱保、翁麟瑞结束停当，饮了陈园的饯别酒，陈园已命水路喽啰，预备船只，专送二人。钱保、翁麟瑞别了众人，下得船来，张岳在岸上吩咐麟瑞道：“你一路须要当心，不要暴躁，惹出事来，连累了钱大哥。”麟瑞在船中，嗷然答应，那只船早已解缆，荡将去了。众头领看看船已驶得远了，才各回寨不提。

却说钱、翁二人，在船中谈谈说说，甚是投机，两人各自佩服，订为刎颈之交。舟行一帆风顺，不消三五日，已到安庆南门城外停泊。钱、翁二人上岸，打发船上喽啰，只管驾舟自回，不许耽搁。一面携了包裹，进得安庆城门，行到一条偏僻小路上，只管匆匆地向前走着。忽然钱保背后，跟上五七个人，一个举起手来，对着钱保的肩膀上只一拍，大喝道：“白水村大盗，何敢到此?”钱保急回首看时，不是别人，那拍他肩膀的，就是小子房潘安。翁麟瑞不知就里，惊得呆了，后来只见那人握了钱保的手，钱保道：“我正想来寻你，谁知便在此处相遇，再巧也没有了。”便回首对翁麟瑞道：“这位便是小子房潘安。”又对潘安道：“这也是一个同志，有名唤作镇山阳翁麟瑞。”众人大喜。

潘安邀请钱、翁二人到了家里，在花厅中坐定。潘安看见翁麟瑞相貌堂堂，心中已自佩服，吩咐家人端整酒食，为二人接风。谈论一番，更是如鱼得水，相见恨晚。麟瑞问潘安道：“吾等在白水村做的勾当，十分秘密，兄长何以得知?方才钱大哥被你一拍，把我惊得呆了。”潘安笑道：“实不相瞒，那蒋葵卿去任还家，经过白水村的事节，原是我先得知。当时只知白水村中有东方亮陈园，我便嘱托钱保兄长去走一遭，取这非义之财，也不为过。谁知得识足下，三生有幸。”麟瑞至此，恍然大悟。潘安又道：“方才街上，我本没有看见钱兄长，只我几个学徒看见了，指点我，所以来戏弄戏弄，多多得罪。”钱、翁都道：“兄长说哪里话来。”酒过数巡，潘安见翁麟瑞性情亢爽，志气不凡，有心要结纳他，开言道：“想小弟行年四十，一事无成，只爱结交当世俊杰。现在至交好友何止二三千人，只求一个出类拔萃像钱、翁两兄长的，实在难得。如蒙不弃，愿仿刘、关、张桃园结义故事，不必同年同月同日生，只求同年同月同日死，有福同享，有难同当。”钱保便道：“兄长若肯提挈，我等求之不得。”翁麟瑞也见潘安谈吐纵横，才气不可一世，早已佩服。及闻此言，便即应允。潘安大喜，便叫家人预备香烛纸马，供在花厅之上，中设刘备、关羽、张飞三尊神位。潘安最长，年四十岁，当为长兄；钱保次之，年三十六；翁麟瑞最小，只有一十七岁。当下三人对着刘、关、张神位，一齐跪下，宣誓道：

维乾隆十二年十月某日，安庆潘安、杭州钱保、山阳翁麟瑞，意气相投，结为异姓兄弟，宣誓于刘、关、张三公之前曰：窃维建功立业，豪杰之作为；济困扶艰，英雄之本色。某等抱斯宏旨，百折不渝，患难相共，虽死不怨。若背此盟，唯神殛之。

宣誓既毕，各向神祇拜了三拜，立起身来，再整杯盘。从此兄弟称呼，开诚相见。饮至半夜，潘安亲送钱、翁二人到东厢房安寝，然后回至内室。

却说钱、翁二人，既到厢房之内，如何睡得着？翁麟瑞道：“我等到此，蒙潘大哥如此厚待，结为兄弟。但是既然结为兄弟，患难相共，我们现在做了强盗，难道也叫大哥去做强盗不成？”钱保道：“大哥家资饶富，如何肯去做强盗？”麟瑞道：“我也如此想。只是大哥不做强盗，我们也不能回去。恁地时，我如何对得起师父张岳和陈大王一班头领？”钱保道：“三弟不必过虑。你不知大哥绰号唤作小子房么？他那满腹机谋，明天与他计议，自有妙法。”麟瑞也不多问，闭着眼睛，沉沉睡去了。一觉醒来，已是红日上窗，自有仆人上来服侍盥洗。早餐既罢，潘安已来访问，谈了些刀枪拳棒。潘安道：“二位贤弟，才能出众，正好立功当世，名垂竹帛。若是做绿林豪客的勾当，埋没真才，未免可惜。”翁麟瑞正在踌躇，只见仆人奔进来道：“外面有个秃驴，坚持要见主人，驱之不去，直闯进来，现在已到中堂，请主人发落。”潘安道：“僧人来见，必有缘故，且与二弟一同出去，问个仔细。”说罢，一手携了钱保，一手携了翁麟瑞，直到中堂。只见那个僧人形状龙钟，相貌古怪，见了三人出来，起身合十为礼道：“三位相公，恭喜恭喜，大富大贵的机会到了。今日不出，更待何时？”三人听了，摸不着头脑。只因这一番，直教：

芦穿膝盖违常理，红雪齐腰亦大奇。

究竟这个僧人说出什么话来，且听下回分解。

第五回

唤风雨妖僧显神通
发雷霆老将斥鬼话

话说那个相貌古怪的僧人，见了潘安等没头没脑地合十道喜。潘安见他来得作怪，请他上首坐了，自己与二弟坐在下面，动问道："敢问高僧法号，挂赐何处宝寺？枉蒙下顾，有何指点?"那僧人哈哈大笑道："贫僧以天地为庐，日月为盖，不住洞府，不守名山，云游天下，到处安身，僧人罗祖便是。"潘安听罢，连忙跪下道："久闻高僧神通广大，佛法无边，千请录为弟子，指点迷途。"罗祖急忙扶起潘安道："贫僧有甚道行，敢来收录弟子？只贫僧昨夜在长江边上仰观天象，见三星聚于一处，因知安庆城中必有贵人相聚。今日进得城来，行过贵府，见有霞光三道旋绕屋顶，故此直闯进来，有言奉告。"潘安、钱保大喜，一同跪下，愿拜罗祖为师。罗祖哪里肯答应，扶起二人。潘安邀请到书房中坐下。潘安发言："兄弟三人同拜罗祖为师，务求指点。"翁麟瑞只得同潘、钱二兄拜了罗祖。潘安叫家人端整素斋，款待祖师，罗祖道："贫僧酒也喝得，肉也吃得，好酒好肉只管拿来。"潘安便叫盛筵相待。罗祖并不谦谢，狼吞虎咽吃了一顿。翁麟瑞道："敢问祖师，方才祖师说过，我们大富大贵的机会到了，究竟什么机会？乞道其详。"罗祖此时才停了箸，答道："现在皇上张挂黄榜，征求天下奇才运输粮米。尔等快去揭下黄榜，代皇家出力，不是大富大贵的机会么?”翁麟瑞道：“运输粮米如何能做大官？富贵何来?”祖师道：“尔等不知。皇上因运河里面时有大盗出没，每年被抢粮米不可计算，所以悬挂黄榜，招募异人，能够肃清运河大盗，便有重赏。尔等与白水村强盗多有关系，若去揭了黄榜，招安白水村头领，其余小盗何足畏惧?”三人听罢呆了半晌。罗祖笑道：“尔等做的事情，贫僧全已知晓。贫僧善能察言辨色，能知过去未来。尔等听我言语，去揭黄榜，必然富贵双全。若然不听，再隔三年，大难临头，死无葬身之地。”

三人深信其言，愿揭黄榜，替皇家出力。罗祖道：“尔等既然拜我为师，一切行为须要听我吩咐。”潘安、钱保都道：“谨遵祖师命令，不敢违拗。”罗祖道：“既然如此，自明天起，尔等三人另备一间秘密书房，从我在书房里修炼功夫。不满一月，不能走出房门一步。那时我自去揭了黄榜，保荐尔等。”潘安道：“这个容易。弟子本有一间秘密书房，外人不能窥见，除却两个心腹之外，他人全皆不知。”罗祖道：“如此最好。只尔等明天便当随我进内静养，饮食叫心腹送来，不满期限，休想出门。”三人各无异言。

饭罢席散，那时天上起了一阵乌云。罗祖道：“我要唤着风雨，到天上去玩玩了。”说着，果然听得一阵风声，接着那雨就落下来了。众人都奇怪不止，再回头来看罗祖，却已经不见了，潘安等遍寻不得。翁麟瑞道：“那僧进门时候，全是一副妖气，我就有些疑心，果然被他骗了一顿酒食走了。只是我们在白水村的事情，他如何知道？这却作怪。”潘安道：“三弟休得胡说。我想此僧道行必定高妙，否则如何得知过去未来的事呢?”言犹未毕，只见罗祖已自屏门后转了出来，手持黄榜，哈哈大笑道：“黄榜已被我去揭来，尔等富贵即在目前。只自明天起修炼功夫便好了。”潘安道：“祖师去揭黄榜，如何从屏后出来?”罗祖道：“尔等此时如何得知？这个叫作土遁之术，数百里路转眼即到。尔等随我学习三年，也有这等道术。”说罢，回转头来，看看翁麟瑞，说道："你不是说我是妖僧么?"麟瑞此时也信罗祖厉害，听了此言，汗流浃背，跪在地下伏罪。罗祖大笑道："小子无知，姑且恕你一遭。后来再若乱道，严责不贷。"麟瑞叩谢起立，从此死心塌地悉听罗祖摆布了。话休烦絮。

到了次日，潘安、钱保、翁麟瑞随着罗祖进了秘密书房，静听祖师教练。祖师口讲指画，说了一会，怀中取出一部书来，唤作《定国天书》，却是罗祖手写之本。罗祖道："我在峨眉山修道时候，夜得一梦，到一处洞府，洞外仙草奇葩，异香扑鼻，知是玉都，不敢进内。徘徊一会，只见两个道童出来，引我进了洞府，到一间书房里，两个道童便不见了。那书房玉轴典籍，奇书满架，我便抽下一部书来，唤作《定国天书》，不觉欢喜。自首至尾，看了一遍，刚才把书放好，忽然惊醒，才知是梦。只所看天书中的字句，一字未曾忘记，急忙跳起禅床，剔明灯光，将天书中一节一段默写出来，足足写了两日两夜，才得完毕。只我是个僧人，看破一切，那些安邦定国的事业，不愿预问。但想仙童引道，使我得了这部天书，必然叫我传授世人，治平天下。若然秘而不宣，必遭天人怒责，所以云游四海，寻访真才，以便传我天书，了此宏愿。谁知走来走去，没有遇见可教之才。尔等天资不弱，将来大有作为，总要悉心研究，勉为大器。"三人听了，正襟危坐，不敢作声。罗祖便将天书讲解。那潘安、钱保本来识得文字，看了天书，早已知道。翁麟瑞虽然识得几个字，只不能懂得书中大义，自然静心听讲。从此以后，三人果然在这秘密书房里，将《定国天书》简练揣摩。

满了一月，读得熟了，罗祖道："现在你们可以出去运粮了。"便与潘安等出了秘密书房，叫潘安去造了一百只运粮船，到安庆衙门里包运，官厅准其所请。罗祖对潘安等三人道："现在尔等三人包运粮漕，中途出了事故，身家性命难保。第一件事，须将运河里大小各盗联络一气，结成大帮，方可安稳渡过。如何可以联络？只须翻阅天书，便能知晓。”翁麟瑞道：“弟子愚昧，不能运用天书，还请祖师指导。”罗祖道：“现在运河里强不过的匪盗，便是白水村的水陆喽啰。你们去说得他动，那数千里运河便可风平浪静，永无盗匪之警了。”麟瑞道：“白水村众头领义气深重，如何说得他动？”罗祖大笑，招三人近身，附耳低言道：“只消如此如此说，哪怕他们不动心。尔等依计而行，定能成功。我就在这里等候，耳听好消息。快去快回，不可有误。”当下潘安等三人奉了罗祖之命，请罗祖留在潘宅，三人雇了一只快船，直驶到白水村来。

却说白水村中张岳、陈园一班头领，因钱、翁二人出寨将近两月，已是十一二月底，不见回来，甚为焦灼，早已派出水陆喽啰四面探听。忽报钱、翁二头领已到寨前，后面随着一个美貌男子。陈园等料是潘安，急忙出寨迎接，邀进大寨。钱保介绍潘安与众头领见了，大家欢喜。陈园开言问道：“钱、翁二公去了将近两月，想是潘大哥厚意慰留。不知江、浙两省可有什么好去处，似宋公明的梁山泊一般？”钱保道：“说来话长，停停再讲。”陈园便命取出筵席，与众头领为三人洗尘。

酒至数巡，众头领请问别后情形。钱保停箸整襟说道：“我与翁大哥到得安庆，与义士潘安相遇，蒙他十分厚待。忽然遇着一个僧人，说起黄山罗祖大师，道行甚高，善能呼风唤雨，驾雾腾云。当时蛮苗作乱，皇上屡次出师，无法扑灭，张挂黄榜，招收奇才异能之士，平定蛮疆。罗祖揭榜而去，亲至边地，护持佛法，设台礼忏，不废一矢，不折一兵，仗着不生不灭大慈大悲的意旨，劝退苗匪，边疆从此平定。皇上得知其事，龙颜大喜，意欲立召回京，加赐法号。只罗祖并无半点尘心，不愿受封，仍旧回到黄山，修养长生不老之术。我与潘、翁二哥听得，十分羡慕，结伴前往黄山，求见罗祖，愿拜为师。罗祖不肯应允，我等苦苦恳求。罗祖不耐，走到山下，一道大水阻住。罗祖就在河边折下一根芦苇，放在水中，变为一舟，渡河而去。我等看见罗祖果有飞渡大水的本领，立志要拜他为师。恰巧河里流下一只船来，即便跳身上船，一直追随，直追到杭州武陵门外一个山头旁边。罗祖弃舟登山，山上有一个小洞，只有三四寸大小，罗祖像龙蛇一般钻入洞中。我等也是赶到山上，只因洞口狭小，如何得进？只得跪在洞口，诚心恳拜。”钱保说到这里，众头领听得发呆，落开了口，合不拢来，说道：“这罗祖定是仙人现形。后来怎样？”钱保续言道：“我等跪在洞口，经过三日三夜，寒来没有穿，饥来没有食。等到第四日的早晨，东方日出，忽然洞里钻出一个仙童，对我三人说道：‘尔等皆为求道而来。今奉罗祖法谕，尔等须要到红雪齐腰，芦穿膝盖，才能与罗祖有师徒之分。’我等闻言，暗想芦苇如何能穿膝盖？天上如何飞下红雪？这定是罗祖不肯收录，所以说此决绝的话。无可奈何，只得哀恳仙童，入告罗祖俯鉴热忱，准予收录。仙童答应一声，径自入洞去了。又过了一日一夜，洞中消息沉沉，仙童杳然不出。那时正是腊月初旬，天气严冷。我等三人衣服都是单薄，伏在这阴森萧瑟小洞之口，已是抵挡不住，又加一阵西北风，飞飞扬扬地下了一夜大雪，那时我等早已不知人事。幸亏次日早上，雪止风和，晴光大放，才渐渐苏醒转来。只见身旁积雪，红红白白，颜色非常鲜艳。我等大为诧异，感谢皇天，红雪齐腰的预言果然验了。大家看看头面，都有血痕，原来天气冷极了，小鸟无处觅食，飞来啄破我等头皮。我等耳根左右都有了冻疮，所以被小鸟一啄就破，流出血来。后来红日升天，气候转暖，觉得膝盖上有些痛楚，拔起来一看，只山上本有芦根，已经钻入肌肤，痛不堪言。我等更是拊掌大喜道：‘芦根穿膝的预言又验了，罗祖大师真神仙也。’正在喜悦之时，只见罗祖早已立面洞口，指着我等说道：‘尔等诚心求道，甚为可嘉。来来来，随我进来。’说着，将手一指，那个小洞忽然变为大道。我等便随罗祖进得洞中，在石条上坐下。蒙罗祖赐了一顿素斋，顿觉温饱。吃罢，罗祖便教我们学道。过了一月，我们读熟了一部《定国天书》。罗祖道：‘现在你们熟了此书，便可出洞。安邦定国的事业，即在尔等身上。’我等不肯出洞，罗祖衣袖一挥，我等一个昏迷。及至醒来，谁知已在安庆潘宅，大家惊讶不置。恰巧张贴黄榜，招收奇士，我等便去揭榜应募。现在我等已经得了官衔，特来奉请众位头领去邪归正，结为一个大帮，共享富贵。”

众头领听了，个个欢喜。只老将军张岳大怒道：“这一篇鬼话，全是钱保想来摇惑众人，推出斩讫报来。”正是：

休道妖言无稽考，能使英雄入网罗。

毕竟张岳要杀钱保，钱保性命如何，且听下回分解。

第六回

感旧德古寺供神灵
开香堂陈园收徒弟

话说张岳要斩钱保，陈园等连忙阻住，问道："将军何为要斩钱保?"张岳道："钱保自到山寨，虽然劫得金银车，立了一次功绩，只他心地如何，我们没有知道。现在他来说动我们，什么弃邪归正，什么富贵功名，莫非受了官厅之托，前来诱捕我们？不可不防。"翁麟瑞道："师父息怒，容弟子告禀。方才钱哥说的句句是真，并无半点虚言。这两个月时候，我与钱哥寸步不离，如何会受官厅嘱托，自害同志？师父千请放心，不必过虑。并且我们揭了黄榜，去见安庆府，已蒙准允，转禀皇上。"陈园道："揭了榜文，做什么事呢?"翁麟瑞道："原来皇家悬挂榜文，征求天下奇人侠士专司运粮。因为从前运粮船只常常被人抢劫之故。我们去承办了这一件事，不但可以发财，并且可图功名，比较埋伏在绿林里面做这杀人劫货的事情，不是好得多么?"

众头领听到这里，面有喜色，只张岳默默无语。隔了一会，问钱保道："你忘了红花亭的事迹么？当初你到这里，说起自白鹤洞来，我当你是个同志，所以十分敬重。清朝粮漕，我们去劫夺还来不及，如何肯去替他运输！你今只图富贵，违背旧盟，不顾大义，究竟是何道理?"钱保冷笑一声道："鸿鹄之志，岂燕雀所能知哉？将军据守绿林，称雄一地，大义固应如此，谁敢道个不字？但是一无发展，也奈何清朝不得，究有什么实益？何如借了运粮为名，往来南北，集合四方豪杰之士，结为一个大帮。名为替皇家出力，实在为吾党复仇。等到羽翼已成，一飞冲天，清朝粮米都在我们掌握之中，不消调兵遣将，已足把满清鞑子活活地饿死。将军明达，请三思之。”张岳听罢，连忙起身道歉说道：“适间不知大哥有此苦心，多多冒犯，幸乞恕罪。”钱保道：“既蒙将军原谅，便请劝告同志一同投降清朝，待有机会，再作计较。”陈园等众人都道：“这里众兄弟只等将军答应。现在将军已经答应了，我们并无半点意思，情愿听从三位指挥。”潘安、钱保、翁麟瑞大喜。散席以后，潘安道：“现在皇上虽然钦准我们三人运粮，但是尚没有毫丝成绩。倘然便带众位兄弟出去，有一千余人，地方官员一定要吃惊。假使他们疑心起来，大事就弄糟了。据我之意，我们三人先去运粮，将来你们逐渐加入，便可免得被他们看出破绽了。”众人听罢，都说不差。大家又闲谈了一会，各自归寝。

次日潘、钱、翁三人，在陈园部下借了五十个水路喽啰，别过众头领，径回安庆。见了罗祖，备说前事。罗祖道：“现在大事已成，你们好好去干便了。我喜欢清静，只在这秘密书房里修炼道行。如有为难之处，可以回来问我。”潘安应允，便将罗祖锁在秘密房里，只叫两个心腹服侍。不在话下。

却说潘、钱、翁三人，带领五十喽啰作为粮船水手，运粮直到京师，果然匪盗绝迹，渡浪不兴。原来陈园等众头领一路派人保护，运河中有些道泽，看见这粮船上挂着陈大王旗号，谁敢动手？三人运粮回来，又到白水村，与陈园等相会，谢过了派人保护的盛意。潘安道：“我们运粮到京，皇上召入龙廷，问我们有何本事，能够运粮到京不被强盗劫掠。我们答道：‘我师罗祖神通广大，佛法无边，教授我们法术，使大盗不敢近身，所以一路安静，这也是主上的洪福。’皇上大喜，封了我们官衔，钦准我们三人各招徒弟一千三百二十六人，合带运粮船一千九百九十只零半，我们既然得了上谕，便即退朝，带领空船回来，便欲订定帮规，广招徒弟。”陈园道：“恁地时，陈某愿拜三位为师。”三人大喜，潘安道：“如此甚好。我们三人，各为一帮。陈园既是我三人的开山徒弟，也许另立一帮。共分四帮，合而为一，总名‘江淮四帮’。将来各招徒弟，推广势力，把江湖上著名豪杰一气集合拢来，好做大事。”众人听了，甚是欢喜。

当下潘、钱、翁三人拟定三堂、六部、二十四字辈，布告大众：

三堂：翁佑堂　钱保堂　潘安堂

六部：引见部　传道部　掌布部　用印部　司礼部　监察部

二十四字辈：圆明心理大通悟觉普门开放万象依归罗祖真传佛法玄妙

三人将三堂六部拟定，钱保对着众人解说道：“什么叫作三堂？就是我与潘、翁三人。若拜潘安为师，就用潘安堂票布作为入帮之证。若拜翁麟瑞为师，就用翁佑堂票布作为入帮之证。拜我为师，则用钱保堂票布，也作为入帮之证。那六部职司也有分别。引见部专司接待帮外之人。要想入帮，可以引进来相见。传道部是劝导人家入帮。掌布部专管票布。用印部专司打印。司礼部执掌一切入帮典礼。监察部查究同帮兄弟有无不法的事情。那二十四字辈，好似人家的家谱，一代有一代的字辈。譬如第一代是圆字辈，第二代是明字辈，不许稍有错误。”钱保说罢，陈园便在大厅之上点起高大红烛，中间放了三把交椅，请潘、钱、翁三人坐了，叩了三个头，这陈园便是青帮第一个开山徒弟。那时众人吃了三天开山酒，热闹异常，还有丧门神潘阿仁、青面獠牙潘阿义、老牯牛潘阿礼，拜了翁麟瑞为师。那五虎将白额虎杨琪、笑面虎赵游、呼风虎李重、大尾虎李远、慈悲虎孙扑，拜了钱保为师。只张岳、林锦二人，不肯拜谁人为师。潘安有心要联络他，请为军师。张岳、林锦推却不过，只得应允了。

又隔了三五日，陈园对潘、钱、翁三师说道：“弟子手下，有水陆喽啰一千余人，愿拜弟子为师，弟子也想招收徒弟，请师父允准。”潘、钱、翁一口答应。潘安道：“现在招收徒弟，共有一千余人，这个典礼非常重大，应该郑重其事，作为定例。将来随便什么字辈招收徒弟，都要照着这个定例去行。”钱、翁都道：“这话说得极是，便请你订定一个规例。”潘安应诺，替陈园选了一个黄道吉日。那白水村左近，本有一所古寺，不知供的什么菩萨，潘安不管好歹，把这菩萨作为罗祖神像。神像之前，放了三把交椅，只有潘、钱、翁三人可坐，陈园的坐位又在三人之下。

布置已定，吉期已届。那罗祖神像之前点起包头香五支，潘、钱、翁三人之前也各点起香烛。只见潘氏兄弟和五虎将等，也各进得庙门，站立两旁。潘安吩咐林锦做引见师，引进五个小喽啰，先向罗祖神像叩了三个头，又向潘、钱、翁三人前各叩三个头，然后向陈园叩三个头，又向站立两旁的潘氏兄弟等也一一叩过了头。叩头既罢，引见师林锦指挥各徒弟，一律向里直立，便有司香的人，将炉中所烧的包头香五支，划开封纸分给五人，双手执定。潘安又请老将军张岳做司礼，张岳便即赞礼，喝一声“跪”，那五个新徒弟急忙跪伏在庙檐下，眼观鼻，鼻观口，口观心，执着烟香，不敢稍有声息。跪了一会，又有执事的人手捧一盆出来，盆中放着清水，自左而右，叫各徒弟各呷一口，一一漱口，这个叫作净口。净口既毕，陈园忽地立了起来，对五个徒弟说道：“你们今天入帮，还是有人教你，还是有人逼你，还是自己情愿?”那五个徒弟齐声应道：“实是自己情愿。”陈园道：“叫你们得知，入帮并没好处，还有十大帮规不可违犯。”说时传道师张岳便朗声诵出十大帮规道：

一、不欺师灭祖。

二、不搅乱帮规。

三、不藐视前人。

四、不江湖乱道。

五、不扒灰放笼。

六、不引水带线。

七、不奸盗邪淫。

八、须有福同享。

九、须有难同当。

十、须仁义礼智信。

张岳读罢，便又退立一旁。陈园又对众徒道："这十大帮规你们可能遵守？"众徒道："誓必遵守。"陈园道："入帮之后，若有违犯帮规，定当家法处置，不轻饶恕。"众徒又齐声应道："是是是。"说罢，传道师张岳取出五个折子，分给五徒，那折中载着十大帮规，二十四字辈，并许多帮中隐语，叫众徒读熟，又将票布分给了。众徒又向罗祖神像，潘、钱、翁三人，各叩了三个头，又向陈园三叩首，称呼"老头子"，才各立起。这时众徒已跪得两腿麻木，困倦不堪了。那票布的式样如下：

信守

敬拜

陈园老师门下　　　　　　自心情愿

曾祖父母名

祖父母名

父母名

明字辈门生某谨具

引见师某

传道师某

原来潘、钱、翁三人所收的徒弟陈园等作为圆字辈，是第一代。陈园等再收徒弟，作为明字辈，是第二代。以后一代传一代，共为二十四代。称师父为“老头子”，称师伯、师叔为“前人”，徒弟又叫“徒背”，未入帮的叫作“空子”。这是他们一切隐语，姑且按下慢表。

却说那日陈园将所有小喽啰认为徒背，共有一千二百余人，分为五人一次受礼，规则极严。自晨至午，只招了五十人，午饭后再开香堂，又招了一百余人。这香堂直开了五日，才得了结。从此白水村中一班英雄好汉，都入了帮。就是张岳、林锦不愿入帮，却做帮首潘安的军师，与入帮一般。那时潘安、钱保、翁麟瑞见大事已成，便叫陈园将所有船只改为粮船，众头领众喽啰一齐登船，离了白水村，到安庆去承运粮米。那运粮船只，连陈园所有，共有五百艘，往来南北，一路招收身壮力强的男儿入帮，留在船中，帮助运粮。从此这江淮四帮的声势，一天浩大一天，运河里面盗匪，看见了粮船的影儿也觉害怕，谁还敢来劫夺？

岁月不居，光阴迅速，已是过了半载。那一天正是七月初旬，天气炎热。潘安所坐一艘粮船，停泊在安庆地方长江口岸，其余的船都往别处去了。潘安坐在船中，觉得闷气，要想登岸去散步散步，解解暑气，吩咐徒弟看好了船，独自一个带了一包银子走上岸来。走到三五百步，只见一个大汉背负赤身男尸一具，大踏步而来。潘安一看，大吃一惊，急忙上前拦阻，大喝道：“青天白日之下，谁敢杀人?”正是：

才到运河招俊杰，又来江上访雄豪。

欲知潘安拦阻哪个大汉，那汉如何对付，且听下回分解。

第七回

翠姑娘房中媚客
黑老爷夜半追人

话说潘安上岸，见了一个大汉背负尸首，上前拦阻，那大汉不慌不忙丢了尸首，向潘安作揖道："兄长不是有名的潘安潘义士么?"潘安见他认识，便也还礼道："小可便叫潘安，壮士何以认得?"那大汉笑道："兄长如何忘了？想兄长府上我也到过一次，我便叫作铁和尚徐正。"潘安道："原来就是徐大哥，如何做这勾当?"徐正道："说来话长，请到舍间坐地再讲。"说着又扶起尸首来，奔到长江边头，把尸首向长江里一掷，"扑通"一声，那水面漾出几个圆纹，那尸首便随着波浪去了。徐正掷了尸首回来，拉了潘安，只管向前行去。

走六七百步，到一个草屋里，请潘安上首坐了，纳头便拜，潘安连忙扶他起来。徐正又唤道："伙计快出来见潘义士。"只见屋后走出两个彪形大汉，徐正指着潘安对二人道："这便是我和你们素常说起的安庆潘义士。"那二人听了，便即跪下叩头，潘安也即扶了他们起来。徐正道："这两个，一个叫作千里马施骏，一个叫作高头马施骝，都有一些武艺。现在从我权居此地，在陆路上打劫不义之财，在水路上贩运私盐，颇能得手。徐州有个海白虾王四，手下现有四五百人专贩私盐，安庆有许多好汉也与他勾通，他便结了一个'安庆道友会'，叫我做了这会的头脑，与徐州方面暗通消息。现已三五个月，道友会同志逐渐发达。久闻义士在安庆地方交结四方豪杰，几次来请求指教，只没有会面。”潘安笑道：“我们出门半载，不想海白虾竟有这等发展。只你方才背负那个尸首究是甚人？死得好惨。”徐正道：“不瞒义士，我的相貌像个和尚。有时扮了头陀模样到城里去募化，其实便在那些贪官污吏为富不仁的人家门前，看些路脚，好去行劫。前几天到城南大街倪盛德堂药铺去募化，只这药铺里有个店友，非特不肯给钱，反而打我一记巴掌。我恐怕发作起来弄出大祸，只得忍受了。今天他却出得城来，在这里走过，撞着了我，这不是自来送死？”潘安听罢，笑了一笑，便将结帮运粮的事告诉了他。徐正大喜，愿拜为师，一同前去运粮。潘安应允，当下徐正、施骏、施骝都拜了潘安做老头子。

徐正道：“去此一里多路，有个小小酒店，就是海白虾王四派人所开，请师父前去喝一杯酒。”潘安也不推辞，随着三人到酒店里来。三人请潘安上首坐了，一杯二杯地喝起来。潘安此时胸怀开展，不觉连饮了三五十杯，有些醉了，便问徐正道：“这里可有什么娼妓？叫一个来玩玩也好。”徐正道：“师父你要多少娼妓？这里有名地叫作烟花巷，如何没有娼妓？”说着便叫酒保道：“阿二，你快去叫翠姑娘来伴这位潘老爷喝酒。”那酒保阿二应声去了。不多一会，只见一个十八九岁的姑娘手拿一支胡琴，袅袅婷婷地走了进来，向徐正做了一个眼色。徐正指着潘安对那妓女道：“这位潘老爷叫你来侍酒，你须要小心服侍。”那妓女笑了一笑，便就潘安身旁坐了。潘安这时狂荡起来，挤着眼睛对妓女说道：“你生得恁好，是个美人。你叫什么名字？你今年几岁了？”那妓女掩着口笑道：“奴叫作翠姑娘，老爷不嫌奴丑陋时，千万照顾些个。”说着又向徐正笑了一笑。潘安执着翠姑娘的手道：“翠姑娘你把头侧过来，我和你说话。”正在这当儿，忽见一个后生气急败坏地奔进酒店，看见了徐正，喘着说道：“不好了，方才杀死药店伙友的事发作了，官厅现派两个捕头前来拿人。”徐正道：“一共来了几个人?”那后生道：“一共两个人。”徐正道：“只来两个人，我可不怕他。”便对施骏、施骝道：“我与你们走去看来，说得开时便罢，若说不开，把这两个捕头一发杀了。”又叫潘安：“只管饮酒，我们去去就来。”说着，便与施骏、施骝奔出酒店去了。潘安本想与他们一同去，一因酒醉，二见翠姑娘美貌，不忍离开，只管在店中饮酒。这时天色将晚，一阵乌鹊在树头聒噪。潘安自言自语道：“乌鹊叫，祸殃到，不是好兆。”翠姑娘笑道：“老爷福人，化凶为吉。”又道：“奴家离此不远，何不到奴房中坐坐，胜似这龌龊的酒店。”潘安大喜，便立起身来随着翠姑娘出门。翠姑娘又吩咐酒保道：“若是徐爷来寻时，总说潘老爷在奴家里，也叫他便来。”说着，便提了胡琴与潘安出了店门，一同到了院子里面，就东首一个房间里坐定了。

只见一个鸨妇模样的走进来，对着翠姑娘低低地说道：“苗老爷来了，现在西房间，你也须去应酬他才好。”翠姑娘娇嗔道：“什么苗老爷，稻老爷，简直是个强盗种。谁高兴去应酬他!”那鸨妇噘着嘴，便出去了。翠姑娘对潘安道：“潘老爷，待我唱支小曲给你听，可好?”潘安含糊应道：“很好。”翠姑娘便拉着胡琴，口里唱道：

奴家裤儿呀，有呀有仔七条缝，条条缝里嵌私情呀，奴的俏冤家。

唱到这里，潘安正自好笑，只听得西房间发出大声道：“不要脸的贱娼婆，却唱得好!”潘安吃一惊，抬起头来，只见门帘起处，已奔进一个满面髭须、丑陋不堪的汉子来。正待询问，那汉子不由分说，伸出一个又粗又大的拳头，对着潘安面上打将来。潘安见不是头，把身躯一闪，躲过了他一拳，那汉还不罢休，看准潘安后脑又是一拳打来，潘安自量敌他不过，只得避出房门，拔步便走。

这时天已昏黑，不辨方向，东南西北乱跑，那汉便也向后追赶，不肯放松。潘安一路逃走，自己思量道：“这厮简直要来寻事，却是苦也。”走了半里路远近，迎面一座树林，潘安暗想：“待我走过这座树林，那厮便追不着我了。”一壁想，一壁走，进得树林，但觉乌黑黑，一些不能得见，此时酒已惊醒了。走了一会，猛抬头，只见前面一盏灯光闪闪烁烁。潘安喜道：“好了好了，若到那里借宿一宵，明天再作理会。”于是看看灯光，一直行来。出了树林，便是大道，行不到一二百步，一个庄院已在目前，那盏灯光就在那庄院里照出来。潘安更不踌躇，径进庄门，只草堂之上，一个三十岁上下的汉子正在那里舞刀。潘安站在一边，等他舞罢，上前施礼道：“壮士请了。”那汉子提着刀走下堂来，喝问道：“兀那汉子，怎敢到此?”潘安道：“小可便是城里商人，只因出城游玩，走错了路，不得回家。愿求壮士留宿一宵，明日重重相谢。”那汉子道：“看你这人，倒也生得眉清目秀，如何不识道理？你要借宿，也须付过宿费。”潘安道：“壮士若要宿费，小可便有。”说着，便在腰包里取出一包银子来。那汉看了，估量有四五十两，便道：“你有了银子，便可在这里借宿。请上堂来。”潘安道：“还有一事，恳求壮士。”那汉道：“你这厮却也作怪。既然允你留宿了，如何再有别事?”潘安道：“背后有人追赶，要与小可为难。请壮士行个方便，将庄门关了起来，自有话说。”那汉冷笑道：“看你急丧着脸，好似老鼠遇着猫儿，恁地胆小。老爷本来要关庄门，便依了你。”说着，便去把庄门关了。反身转来，拉了潘安，同到厅上，把刀放在墙边，叫潘安坐了，说道：“我要喝酒，你可能伴我喝三杯?”潘安道：“壮士赐酒，情愿奉陪。”那汉便自到屋后取出一大壶酒、两碟菜来，放在桌上，和潘安对面坐了，筛了酒，只顾自喝。潘安道：“难得壮士今日救了小可一命，明日回城，便当重重相谢。”那汉冷笑道：“我如何救得人性命？你不要胡说。”潘安道：“当真壮士已救了小可一命。方才壮士若然不肯留时，小可再出庄门，必然被那厮所害。”那汉停了杯问道：“如何我不留你，你要被那厮所害？那厮究是甚人？你且说来。”潘安道：“小可在烟花巷多喝了几斤酒，一时高兴起来，不应该叫一个妓女过来玩耍，更不应该乘着酒兴，随那妓女到院子里去。”那汉听到这里，又冷笑道：“看你这人，爱玩妇女，也不是个好货。只以后如何，你再讲来。”潘安道：“只那妓女唤作翠姑娘，他院子里本有一个客人，等到西房间，看见我和翠姑娘进了东房间，他便赶进来打我。那客生得髭须满面，丑陋不堪，叫作什么苗老爷。小可谅敌他不过，只得走了。叵奈那厮只顾追赶，丝毫不肯放松，直赶到前面树林边头。小可走进林子，才不见他赶来。壮士若不容留小可，出去遇着了他，必然遭他毒手。”

那汉听罢，跳起来道：“你这人果然该死，直到太岁头上去动土。那苗老爷不是别人，正做我的把兄弟，叫作黑野猫苗刚的便是。人家称他叫苗老爷，江湖上称他叫黑老爷，谁个不知？哈哈！你今番惹下这场大祸，决难逃得性命。”潘安闻说，知道苗老爷是他一家人，吓得发抖，连忙跪下求救道：“壮士千万救我一救，决不敢忘！”那汉冷笑一声，只不睬他。潘安跪在地下，哪里敢起来。那汉道：“你跪着也没中用，只管起来，我有话说。”潘安便即立起身来。那汉却筛了一杯酒，叫潘安喝，潘安只得喝了。那汉又坐下连喝了几口，不觉有些醉意，解下外衣，把筷子击着酒杯唱道：

我是天生七尺身，烟花巷口逞精神。飞来一只丰肥鸟，今日开刀真好辰。

潘安听了，知道那汉不是好人，满身发抖起来。那汉道：“你不要抖，老爷请你吃三件东西，就不抖了。”潘安道：“什么三件东西？”那汉道：“第一件是毒药酒，吃了七窍流血而死。第二件是朴刀，一刀两断，死得爽快。第三件是麻绳，吊在梁柱上，不消一刻工夫，也便死了。”潘安听得，一发惊得魂不附体，跪下哀求道：“壮士救我一命，将来必当重报。”那汉又是冷笑道：“你这厮好不识抬举！我好好地请你吃三件东西，你却不吃，却待老爷自己动手。”潘安叩头恳求道：“壮士饶恕了我这条狗命，后日保你做个大官。”那汉大喝道：“老汉最恨的是做官，你偏要啰唣！你须知道，老爷不要做官，只要银钱。”潘安道：“恁地时，小可身边现有白银五十两，一发奉敬壮士，明日却再去拿几百两来，只求壮士饶我一条狗命。”那汉道：“老爷银钱也要，你的性命也要。你快快就死，谁与你多说闲话？今日今时，是你见阎王的好时辰。再待一会，老爷真个要自己动手。”说着，倏地立起身来，向墙角边提了那口朴刀在手，圆睁两眼，对着潘安道：“那三件东西，随便你要吃哪一件。”潘安此时满身发抖，抖着说道：“壮士不肯相饶，小可赤手空拳，迫于无奈，只得讨根麻绳，悬梁自尽。”说罢，泪如雨下。那汉道：“你既要死，快一些好一些，不要惹老爷性发，一刀两段。”潘安爬起身来。讨了一根麻绳，挂到梁上，打了一个结，把头颈放到绳圈里，两手放开，双足离地。

只听得庄门上“嘭嘭嘭”有人打了三记门，那汉便去开门，一拥走进三个人来。那汉见了大喜道：“你们来得正好，今天兄弟得着一只肥猪，可供二三个月粮草。”那三个道：“恁地最好，兄弟们来和你道喜。”说着，便把庄门关上，引着三人到草堂上来。正是：

致死躬身陷虎阱，烟花毕竟误男儿。

欲知打门的究是何人，且听下回分解。

第八回

英雄末路身变肥豕
仙佛下场病倒秃驴

话说那汉引着三个人到了草堂，那三人抬头一看，见一人悬在梁柱之上，吃了一惊。那汉道：“你们不要害怕，这个便是个肥猪，他身边有白银五十两。”那三个人中有一个道：“什么肥猪？待我看来。”说着，走近潘安面前一看，叫声：“苦也！这不是潘义士么？”那汉道：“什么潘义士？莫不是安庆城中的潘安？现在他去运粮了，如何会到这里？”那人急道：“他今天回来，方才和我吃酒。”一壁说，一壁解下绳索。那汉便也去将潘安抱住，放在地下。

这时潘安已吊得半死，不能说话，张着两只眼睛，只顾流泪。那汉便去热了一碗姜汤出来，灌在潘安口内。隔了半个时辰，潘安便能开言，对着那人道：“徐正，莫非与你梦中相会么？”那人见他能够言语了，大喜，急忙扶他起来，放在一只靠背椅内。那汉对着潘安纳头便拜，说着：“有眼不识泰山，多多冒犯。若不是徐大哥前来，几乎丧了义士性命。”原来打门的三个，便是徐正、施骏、施骝三人。潘安便对那汉道：“壮士不必如此，快请起来，有话好讲。”那汉便即立了起来。潘安也叫徐正等坐了，问道：“你们三人，如何会到这里？今日若无你们到来，我命休矣。”又指着那汉道：“这壮士姓甚名谁？如何这等威武？你们何以认得？”徐正道：“师父且喝一杯酒，压一压惊，容慢慢告禀。”说着，将酒筛了给潘安喝，便道：“师父有所不知，这人便叫金钱豹朱通，也是道友会中一个好汉，只在长江面上贩卖私盐。他这庄院，便是囤积私盐之处，只他与他的把兄弟黑野猫苗刚住着。谁知他今天忽然下此毒手，要害师父。”那朱通听到这里，便又跪下道：“小人一时不知轻重，万望义士恕罪。”潘安笑道：“壮士快起，过去的事，小可决不计较。”朱通谢了，立了起来。徐正又道：“刚才到舍间两个捕头，也是我的同志。他却得知了我杀了药店伙友，叫我暂避几时，免得闹出乱子，我便打发他只顾回去。又因师父尚在酒店里喝酒，便与施骏、施骝前来找寻。只酒保说道，师父已与翠姑娘同到院子里去了。我们赶到院子里，只见翠姑娘正和鸨妇两个在那里吵闹。我们问明根由，所以赶到此地，顺便也叫朱通出来，分头来寻师父，不想却于此间相遇。师父受惊不浅，这都是我们疏忽的不是。若与师父一同回家时，也决不会闹这话儿来。”潘安笑道：“说哪里话来，这都为我贪杯爱色，走到院子里去，所以撞下这场祸殃，干你们甚事？你们今来救我，我感激还来不及，如何反说这样话来？只壮士不知是我，一见银子，起意谋害。也是英雄好汉的勾当，不能怪他。”说得众人都笑起来。

朱通见潘安有说有笑，没有受伤，才放了心，便请潘安、徐正、施骏、施骝四人坐了，又去热了一壶酒、四碟菜，陪着喝酒，谈谈说说，无非拳棒武艺。徐正说起结帮的事，朱通大喜，也拜潘安为师。那时已经二更过后，朱通道：“时已不早，你们权在此处过了一宵，如何？”潘安笑道：“不敢再留，恐你要起宿费起来，又要吃苦。”说得众人皆笑。潘安又道：“今日我自上岸散步，谁知遇着了你们，都是好汉子，将来定有些作为，终不成埋没在此一世。我这次回到安庆，要想到家里去看看眷属，明天便要进城。耽搁六七天再出城来，同你们去运粮，立了功绩，图个出身，不知你们意下如何？”徐正等大喜道：“师父若肯带挈我们，求之不得。只望师父早一日带我们去，更快活了。”当下朱通就在早堂之上摊出草铺，五人权宿一宵。

刚及天明，潘安等起身，洗过了面，吃过早饭，潘安正欲告辞，只听得有人叩打庄门，朱通便去开进一个人来。潘安抬头一看，来者不是别人，正是髭须满面的黑野猫苗刚，倒吃一惊。苗刚见了潘安，呆了一呆，徐正连忙对苗刚道：“老猫，安庆城里的潘义士，你如何不认识？昨日冒犯了他，今日见了，如何不来赔礼？”朱通也道：“猫兄，这位眉清目秀的正是潘义士，如何还不下跪？”那苗刚向潘安面上看了一看，连忙跪下道：“义士恕罪。”潘安连忙扶他起来说道：“壮士何必如此！你昨日不来赶我，我也不能与朱通相会。此中谅有缘分，不必疑虑。”朱通对苗刚道：“义士现在结了一个江淮四帮，招收徒弟一二千人。我与徐正、施骏、施骝都已拜了义士为师，许带我们去运粮，立下功劳，可以做大官。你却如何？”苗刚道：“我也要拜义士为师，不知义士肯也不肯？”潘安道：“你若诚心，我也情愿收你为徒。”苗刚大喜，跪下道：“我的师父，老猫今年三十五岁，才拜着师父也。”说着拜了三拜，站立起来，侧着头想了一会，对潘安道：“我虽拜了师父，只不愿随师父去运粮。那水面上的事情，我却一些不懂。若误了事，定要怪我。我不去。”朱通道：“阿也！你贩着私盐，在长江里安安稳稳地来去，都没有失事，如何不能去运粮？却不是当面说谎。”苗刚道：“不是说谎，我其实不愿去。”徐正道：“你不愿去，并非不能去。为什么不愿去？”苗刚一时对答不出，迟疑了一会：“去也可以，只是我要带着翠姑娘一同去。”众人听了，拍手大笑。苗刚不耐道：“有什么好笑？我只是如此想。”潘安道：“这一件事却依不得你。但今日便不前去运粮，那时你去不去都好。只这烟花女子，最会迷惑人家志气，男子着了她的道儿，便算不得好汉。我昨天酒醉了，走入妓院，几乎丧了性命，如今懊悔也来不及。你若有志气，须要撇开女色一道，只图上进，弃邪归正，博得一官半职，然后娶了三妻四妾享福不迟。如今迷惑在烟花丛里，几时却有扬眉吐气之日？”苗刚听了，不作一声。潘安便对众人道：“时已不早，太阳渐渐地升起来，天热难走，趁此时有些凉气，便当还船进城里去。”朱通、徐正等都道：“我们送师父上船。”说着，潘安先行，后面随着施骏、施骝、徐正、朱通、苗刚五个徒弟，走过树林、酒店，又一路程，已到江边。那江边船上的水手，见潘安行近船来，都欢呼道：“老头子回来了。”潘安登舟，徐正等自告别了回去，不在话下。

却说潘安坐到舱里，想起昨日一夜的事情，又惊又喜，叫水手开船，早到家中。那水手禀道：“老头子昨天登岸去了，至晚没有回来，我们心焦，四面去寻，只寻不着。今早又是六个兄弟去寻访了，尚没回来，不能开船。”潘安笑道：“我昨天遇着朋友，在村店里喝醉了酒，以致不能回来，却累了你们四面去找寻。”说到这里，那出去寻访潘安的六人也回来了，水手便退出了舱，解缆开船。那江口离安庆城不远，不消二个时辰已到东门外停泊。潘安带了两个徒弟起岸，一径还家。家眷见潘安回来，自然快活。

潘安又去开了秘密书房，与罗祖相见。那时罗祖闭在室中，少得活动，容貌甚形消瘦，见了潘安说道：“现在你的志愿总算做到了。我已年老，谅来不久人世。我死之后，请你替我造一个庙宇，吩咐后辈徒众，经过我庙都要进来叩头，让我享受千百年香火，也不枉我替你计划一番的苦心。”潘安道：“你的身体结实，如何会得生病？万一不讳，一定建造庙宇，报答大恩。”说罢，又谈了些别的话。潘安走出书房，自去办理家务，不提。

隔了三日，两个服侍罗祖的心腹来报道：“罗祖昨天起寒热大作，病势甚重。”潘安听了，便到书房里来观看，果然病得十分憔悴。潘安问他：“请甚医生？”罗祖道：“吾病甚深，庸医不能诊治，除非半边须秦吉，才能医得吾病。只去此五百余里，地近山东省界，在黄家庄悬壶施诊，谁能去请？就是请来，恐怕我已死了。”潘安道：“你病甚重，我当亲自去请秦吉医生。好在此地到黄家庄都是旱路，我可骑了快马，三日便到，来回不过七八日，你可放心。”罗祖道：“恁地最好。”潘安便即离了书房，到马槽里去拣了三匹好马，自己骑了一匹，命两个徒弟各骑一匹，带了包裹银两，揽辔出城，加上一鞭，那三匹马便泼剌剌地向西北大道驰去。一路晓行夜宿，不满三日，已到黄家庄下马。潘安叫两个徒弟将马系在庄外大柳树下，拭了拭额汗，叫徒弟代他背了包裹，进得庄来，访问半边须秦吉医生医寓。

原来那秦吉医生真有青囊秘术，药到病除，南北各省都知他医道精通，称他神医秦吉。有一次，他坐了轿子到乡间诊视病人。停轿之时，见一少女在河边浣纱。秦吉吩咐轿夫从背后去搦少女之腰，轿夫果然前去搦腰。那少女一惊，出了一身冷汗，回转身来要与轿夫论理。那少女的父母也吵闹出来，斥责轿夫调戏妇女。秦吉连忙上前说道：“这是我所指使，并非轿夫之过。你女患有痘症，不能发出，性命堪虞。我叫轿夫去惊她一惊，便能使那痘随着冷汗发出来，可保无恙，这便叫作惊痘。”那些人认得是名医秦吉，深信其言，便不言语了，挽了少女回家。夜间寒热大作，果然出了一身痘症。病愈以后，来谢秦吉。从此，秦吉神医之名远近皆知。更有一次，秦吉坐在医寓，忽有鹤发童颜的老者进来求医。秦吉按脉，跃然立起来道：“六脉皆阳，非凡人也。”那老者哈哈大笑，把手在秦吉的须下一摸，说道：“孺子真个可教。”说罢，便不见了。秦吉取镜自照，只见被那老者摸过的半边胡须，本来白的已尽变了黑色，知道遇着仙人。以此人都叫他半边须秦吉。

话说潘安率领两个徒弟，访问秦吉医寓，自有庄客出来指点。拜见了秦吉，取出白银三十两，请求同到安庆医治罗祖。秦吉不肯，答道：“吾已年老，经不起如许长途，还望另请别人。”潘安苦苦恳求，并替他备了轿车。秦吉只得上道。潘安叫两个徒弟伴陪秦吉，自己取了包裹，单骑先行。书中不提秦吉，且说潘安纵马加鞭，行了四五十里，天已向晚，觅得一个客寓，下马进寓休息，那马自有店伙牵去喂食。潘安吃过酒饭，洗面沐浴既罢，坐在天井里乘凉。忽闻一阵狂风起处，半空中飞下一柄雪白解腕尖刀，刀上缚着一书。潘安大吃一惊，急忙拾来观看。正是：

秋夜月明方倦坐，半天忽又坠奇书。

欲知书中写些什么，且听下回分解。

第九回

瘦书生月下读奇书
老头子庙中会好汉

话说潘安独坐庭中，天半忽然坠下一柄尖刀、一封书信，潘安连忙拾来观看。那信上写着道：

嘉祥老哥足下：窃闻丈夫出处，应知大义。黑将军依附亲贵，恃势弄权，卫祥不忍见其倒行逆施，残害贤良，爰结同志与之抗对。近日谢天杰不明大势，投效逆党，以为功名富贵即在目前。讵黑将军诛降戮服，卒置谢天杰于惨死。查天杰与卫祥以干戈周旋者数载，卫祥所排斥者，仅以天杰为卫祥之明敌，并非视为卫祥之暗仇。一向磊落贻书，尤有陆抗、羊叔子推心之雅。夫以卫祥之大敌，犹能容忍迄今，讵天杰助黑未几，即受极刑。大哥明达，似应可稍醒迷梦，即当披坚执锐，合力诛奸。乃道路传言，大哥竟将俯首受降，继谢天杰之步武。天下不智不义之事，孰过于斯？中夜思维，难安缄默，驰书警告，幸裁夺焉。卫祥顿首。

潘安读罢那信，莫名其妙，顿足道：“怪哉！”语犹未毕，只见东首一个客室里面，走出一个瘦瘦的白面书生，身穿夏布衫裤，跣着足步到庭中，向潘安施礼道：“客官何事呼怪？”潘安便将飞刀坠书的事告诉了他，又将书信给他观看。那书生接来一看，不觉变色。此时虽在月光之下，被潘安看得亲切，心中甚是疑惑。正待要问，只见那书生已将书信看罢，问潘安道："不敢动问客官高姓大名。"潘安道："小可姓潘名安，安庆人氏。"那书生连忙作揖道："久闻大名，如雷贯耳。闻得足下结帮运粮，十分发达，何以到此？"潘安又将请医生的事告诉了他，还问那人姓名。那人道："此地不便相告，请到那房里一谈。"说罢，拾了尖刀，拿了书信，拉了潘安到客房里坐下。

关上房门，那人对着潘安便拜，潘安连忙扶起道："足下何故如此？"那人道："只小可姓马，名唤嘉祥，这封书信便是侠客周卫祥寄给与我。书中所说的黑将军，便是江南巡抚。我应了黑将军之招，参赞机要，卫祥特写此书阻我前去，却为贵手所得，乞守秘密。"潘安道："自当遵命。"嘉祥道："闻得贵帮发达，徒弟极众，小人愿拜为师，请求指点。"说罢又拜。潘安大喜，便收了马嘉祥为徒。嘉祥立起身来，将尖刀、书信收藏好了，下首坐了。潘安问道："你现在接了此信，黑将军那边去也不去？"嘉祥道："黑将军的为人，我也晓得仔细。此次应他之招，并非助纣为虐，实要相机行事。我与周卫祥、胡海祥三人结为兄弟，交结死士，欲图大事。卫祥疑我投效黑将军，有心违背盟约，所以有此一书。"潘安道："卫祥既然误会，你何不与他当面说明？"嘉祥道："我本也如此想，只他负气不肯与我相见。我要寄信与他，他又浪迹天涯，没有一定寓处。"

说到这里，忽地房门呀然自辟，一人岸然入内，笑着说道："你们的话，我都已听得明白了。"嘉祥看见那人，喜道："原来就是卫祥。"卫祥更不答应，向着潘安便拜，说道："小子周卫祥，拜见潘义士。"潘安连忙扶起他来，问道："足下何以认得小可？"卫祥道："方才义士在庭中，小子只当是嘉祥，所以投下一信。后来知道误投了，我便伏在树顶观看详细。等到你们进房关门，我便伏在房门口张望，所以你们的动静言语都已觑得清楚。"又对嘉祥道："大哥，你的心思我也明白。我本来不知详细，错怪了你，幸乞恕罪。"嘉祥道："你一腔热血，投书阻我，足见心直口快，乃是英雄豪杰的本色，我决不见怪。”潘安见他们两人义气深重，深为爱慕。卫祥向潘安道：“义士结合的江淮四帮，究竟什么意思？若然专替皇家运粮，简直做了鞑子的奴才，反而与同志为难，与我们替明朝复仇的本旨大相反背。不知义士有何别的主见？愿闻其详。”嘉祥代答道：“兄弟有所不知。这江淮四帮名为清朝运粮，实在阴结同志。等到势力浩大了，登高一呼，天下响应，大事就容易成功了，不强似散处四方，一盘散沙，无能为力么？”卫祥听了恍然大悟，说道：“恁地时，与我们的主见相同。我们兄弟三人都拜了潘义士为师，愿受指挥。三弟现在安商客寓，离此不远，待我去招他过来一发拜了义士。”说着，反身出房，一跃登屋。不一会，便与一个短小精悍的勇士进来了。原来马嘉祥、周卫祥、胡海祥三人结为兄弟，嘉祥足智多谋，略知武艺，卫祥、海祥都有飞檐走壁的本事。那天卫祥引进的勇士，便是胡海祥。当下卫祥、海祥也都拜了潘安为师。谈谈说说，不觉东方已白，潘安便欲动身。嘉祥道：“师父一夜未眠，如何可以赶路？”潘安道：“身体顽健，三四夜不睡也不打紧。罗祖病危在床，不可不早早去服侍。”嘉祥等三人不敢挽留，送出店寓。潘安道：“如有要事招请你们，却寄信到何处？”嘉祥道：“只我明天便要去见黑将军，师父如有信件，便可寄到那边。卫、海两弟处，我可转去不误。”潘安点头，取了包裹，店伙牵出那匹马来，房饭等费，早由嘉祥代为算清。

潘安别了三个徒弟，跨上马，加鞭疾驰，于路无话。又宿一宵，第三日午刻，已到家中，那两个徒弟和半边须秦吉医士，犹尚未到。潘安一径走到书房，看视罗祖，只罗祖喘息仅存，已难药救。潘安叫声师父说道：“半边须秦吉已允前来，早则今晚，迟则明朝，定可到舍。”罗祖见了潘安，要想开言，早已开不出口，做了几个势子，两目仰视，双足直挺，从此一命呜呼了。潘安见罗祖死了，不禁悲从中来，落了几点英雄之泪，便命家人将罗祖尸体舁到大厅之上，以师礼收殓。等到半边须到来，潘安便又给了银两，仍叫两徒送回黄家庄，不在话下。

却说潘安居丧，想起罗祖病中之言，要建庙宇，立刻便想实行。一则遵从遗言，报答师恩；二则立了一个规模，使后辈徒背看了，引起一片崇敬之心，世世代代，无有穷尽。又想："杭州拱宸桥是运河终止之点，并且众徒背都知我和钱、翁三人在拱宸桥南山中从拜罗祖得道，何不就在山中建造高大庙宇，中塑罗祖神像？等到庙宇落成，招集四方徒背前来礼拜，那时我的名氏更在钱、翁二弟之上了。"潘安想定主意，备了银子五千两，叫徒背挑着，别了家人，又率领二十个徒背，仍到东门外停泊的原船中，吩咐一径开到杭州拱宸桥，才可停船。水手答应，启碇开行。路中风平浪静，毫无事故，不消半月，已到杭州，在拱宸桥左近泊下。潘安率领十个徒弟登岸，赁了一所客寓，打发船上徒背，到各粮船去报告罗祖之丧，并函招徐正、施骏、施骝、朱通、苗刚，马嘉祥、周卫祥、胡海祥两帮徒背，到杭州来聚会。那只原船中的徒背领命去了。潘安在客寓中休息一日，次日率领几个徒背，到拱宸桥南山塊觅得一块地皮，起造罗祖庙宇，纠工集材，大兴土木。建的三层大宇，第一层是他第一个徒弟陈园的长生位，上书"陈园主爷之神位"七个金字，第二层是潘安、钱保、翁麟瑞三人之长生位，第三层才是罗祖的金身神像。那三层庙宇，说不尽的画栋雕梁，朱檐蔽日，直建造了半载有余，才得成功。

说话这时，运粮船只得了潘安之信，齐集在拱宸桥畔，徐正、朱通等一帮，马嘉祥等一帮，也陆续到了。钱保、翁麟瑞因为罗祖死了，悲叹不止。那时徐正、马嘉祥等，也已各招了一二千徒弟，随着也到杭州。当时杭州城内城外，骤多了万人左右，热闹拥挤自不必说。等到庙宇落成，潘安自看一带红色高墙巍然峙立山侧，十分得意，便又立了一个石碑，说明建造庙宇的缘故。所以后来的人都叫这座庙宇作"潘安庙"，帮中人经过此地，都要进去礼拜，这是后话不提。

却说庙宇已成，潘安择定吉日，吩咐一班徒背齐集南山。到了那日，新旧徒背共有一万三千余人，挤挤挨挨都到。潘安、钱保、翁麟瑞三人，坐在庙门之口。潘安发言道："我们旧有的兄弟，是为江淮四帮。我所新招的徒弟徐正、施骏、施骝、朱通、苗刚，本是安庆道友会，是为新五六帮。还有马嘉祥、周卫祥、胡海祥同许多兄弟，是为嘉海卫帮。共计三帮。我想将这三帮结合起来，成一总帮，定名青帮，不知众兄弟以为如何?"那时这万余徒背齐声欢呼："愿听潘老头子吩咐。"于是潘安重开香堂，发给票布，整整地闹了一个多月。杭州的官员差弁，因为他们都是运粮的船户，有功于国，不敢出来问讯。又见他们十大帮规，明明说不许奸盗邪淫，应该仁义礼智信等话头，说得冠冕堂皇，反也去投入帮中，所以青帮势力越弄越大。潘安又是最会笼络人才，无论上中下三等，他都亲身去交结。不出数年，他的徒背分布十八行省，比钱保、翁麟瑞多过数十倍，徒子徒孙大多是"潘安堂"票布。当时潘、钱、翁虽然同为帮中首领，只有潘安的势力占得最大。这是后来的话，书中不提。

却说罗祖庙宇落成，潘安重开香堂既罢，将要分散，潘安发出命令吩咐："现在兄弟众多，不能多去运粮，尽可各归本业。将来相聚，只要各打暗号，暗号相合，便当认为自家人。每到一处地方，同参兄弟应该尽地主之谊，招待三天。徒背穷乏，老头子理应救济；老头子末路，徒背也须供养。凡是同帮兄弟有事，应该竭力帮助。若然故作不知，袖手旁观，老头子可以将他用家法处置，或者逐出帮外，戳三刀，穿做六个洞。"说罢，叫人扛出纸摺数十担，每个兄弟各取一摺。摺中载的都是帮中隐语规例，不许泄露。倘有不从，被同帮查出，也要家法从事。这个摺子，他们便叫海底。懂了海底，便随到什么地方，可以遇会同帮，大占便宜。帮中徒背得了摺子，个个欢喜。潘安又道："将来你们散到各处地方，尽可开香堂，收徒背，依着二十四字辈，一代一代地传下去。但是每开一次香堂，至少要满徒背百人，又须禀请自己前人允许才行。那开香堂的规模，一定依着成例，不许稍为简略。至要至要。”众徒背听命，各自散去。钱保、翁麟瑞、张岳、林锦、陈园、潘阿仁、潘阿义、潘阿礼、杨琪、赵游、李重、李远、孙扑等一班人仍去运粮，徐正、施骏、施骝、朱通、苗刚等一班人仍去做贩私盐的强盗勾当，马嘉祥仍去帮助黑将军，周卫祥、胡海祥仍是流浪江湖。潘安退居安庆家中，总理四方帮务。从此帮人日多一日，帮势日盛一日。

书中不叙别人，单说东方亮陈园，本是胸怀大志的人，见得帮务发达，徒背众多，便率领他所管辖的一百二十只粮船，驶出运河，到湖南地界，背反清朝，欲图大事。正是：

毛羽未丰思奋翮，一飞未必竟冲天。

欲知陈园成败如何，且听下回分解。

第十回

上山头好友翻脸
盘海底醉汉挥拳

话说陈园胸怀大志，率领所部一百二十只粮船，到湖南起事。他的意思，以为振臂一呼，同帮兄弟必然响应，将来成功，完全是他一人之力，论功行赏，自然大家要让还他一着，所以他便在湖南醴陵地方率众起事，自称大元帅。地方文武官员派兵进剿，只陈园手下共有三四千徒背，个个善战，官兵敌不过他，吃了几次败仗。官兵大惧，陈请上峰，速派救兵。不消半月，各处调来兵马足有一万，把醴陵围住。那陈园只是放心，以为同帮兄弟都有这个志愿，派人四处说动，叫他们同时起事。谁知各处帮魁大都坐观成败，杳无回音，陈园这才心慌起来。

其时醴陵被围多日，看看粮草将尽，大势已去，陈园便召众徒背商议道："湖南地方现在同帮不少，我到此地起事，谅他们一定起来附和。况且我们结帮的宗旨，本来是要剪灭鞑子，恢复明朝，所以我敢到此举事。更希望运河一带也即应响，使得鞑子应接不暇，手足无措，然后大事可成，深仇可报。谁知同帮兄弟袖手旁观，裹足不前，这也是天命如此，无可挽回。现在孤城难守，不如杀出一条血路。各自逃生，将来时机到时，再图聚会。好在我们都有海底，相见之时用隐语说话，他们官兵如何懂得？啊呀，话虽如此，不知再与你们相见之时当在何年何月咧。"说罢，泪洒襟袖。众徒背个个痛哭，都道："今日虽败，不得不暂时分离，但是我们志气不磨，待有机缘，必定再投老头子，听候指挥。"陈园拔出腰刀，率领三千徒背杀出城门，自投各处散了。话说官兵见走了陈园，冲进城门，将百姓杀了几千，呈报官长，说是"血战数昼夜，敌势不支，打开城门，克复醴陵"，将杀死的百姓作为叛民，拿去请赏。

却说陈园逃出醴陵，随身只余六七个人，乔装乞丐模样，到了安庆，上得山头，来见潘安，请求收录。那潘安忽然反转面皮，将陈园大骂一顿，说他不安本分，扰乱帮规，又道："本来要将你解赴衙门，姑念以前是好友。现在已与钱保、翁麟瑞二人商定，不认你为徒背，逐出帮外，随便你去做什么事，我们不管。"陈园被逐，只得退出安庆，仍要想回到白水村，去做他打家劫舍的勾当。

原来陈园到湖南去起事，没有与潘安说明，潘安恐怕他成功了，自己要失败，生了嫉妒的心肠，通知钱保、翁麟瑞各处徒背说："陈园冒昧起事，时机未到，并且他居心不正，要想自做皇帝，我们不可造次附从，反而误了将来计划。"各处徒背听了潘安的话，所以不敢应响陈园，陈园便处于孤立之地了。等到陈园失败，潘安便把他逐出青帮，实在恐怕陈园借了青帮再图起事，于己不利。只潘安因念陈园是最初入帮之人，知照各处徒背，以后每逢开香堂，仍旧要供陈园主爷之位，顺点一炷香，带磕三个头，以表后人敬意。此是后事，书中表过不提。

再说陈园自被潘安驱逐帮外，要回白水村。行至徐州地界，忽然遇着了海白虾王四。那时王四专贩私盐，手下也有千人。两人相见了，王四甚是企慕陈园，劝他一同入伙贩盐。只陈园本来瞧不起王四，为因一时无处安身，就是回到白水村，恐怕没有前次的威风，只得将就答应了。王四便要拜陈园为老头子，陈园道："如今我已被潘安逐出青帮，如何可收徒背？"王四笑道："此言差矣。天下结帮的人，难道只有潘安等一班人？你也结一个帮，也叫青帮，一切帮规海底也与青帮相同，他们倒可以来阻止你？他们的结为青帮，难道当真是皇帝特许的？将来你手下徒背多了，势力厚了，一样也可以起事，谁人敢来管你？”陈园被他这一番话说得如梦方醒，不禁拍手笑道：“大哥之言极有见地。只我仍旧算是青帮，便当招收徒背，大开香堂。”王四大喜，便率了手下兄弟都拜了陈园为师，从此徒背日多一日。什么贩卖私盐，偷漏关税，强抢暗劫，拐骗欺诈，都是他们的勾当。陈园雄心不死，专门授教他们枪棒，预备卷土重来，不在话下。

却一日，王四独自走到马嘶镇上，那镇地临江口，青帮中人往来甚多。王四走进一爿茶店，坐定泡茶，只见对面一个座头上，坐着一个黑面汉子，也泡着一碗茶，把碗盖戳在茶碗的侧面。王四自肚里寻思道：“这分明是青帮中人所挂出的招牌，他究是哪一字辈，待我去问问他的海底也好。”原来青帮规则非常奥妙，他们就叫海底。初入帮的时候，传道师将这海底详细讲解，教徒背一一记牢，以便将来与他处同帮相遇，可以互相问答。所以见人有见人的帮规，饮食有饮食的帮规，谈话有谈话的帮规，一举一动都有帮规。譬如帮徒要到他处去开生意，若无熟人合伙，可到茶馆或酒店里面挂起招牌，那时本地的帮徒自当前来盘问海底，招待一切，这也是他们的规例如此。话说王四见这黑面大汉挂出青帮的招牌，上前盘问海底道：“请问老大，你在门槛没有？”那汉子听得，连忙起立离座，正襟躬身答道：“不敢，沾祖爷的灵光。”王四道：“贵前人是哪一位？”汉子道：“不敢。在家子不敢言父，在外徒不敢言师，敝家师姓翁，名上麟下瑞。”王四道：“贵帮是哪一帮？”汉子道：“敝帮是江淮四帮。”王四再要盘问，那汉子却也还问，王四也一一答道。那汉子心里自想：“你是陈园的徒背，比我小下一辈。依照帮规，闻得我是前人班子，应该向我行礼，如何只是盘问海底？太没道理。”想着，便有心要算计王四，问道：“敢道老大，贵帮多少船？”王四道：“一千九百九十只。”汉子道：“贵帮船有什么旗号？”王四道："进京百脚旗，出京杏黄旗，初一、十五龙凤旗，船首四方大纛旗，船尾八面威风旗。"汉子道："船上有多少板？"王四道："板有七十二，钉有三十六。"汉子道："有钉无眼，是什么板？"王四道："是跳板。"汉子道："有眼无钉，是什么板？"王四道："是纤板。"汉子道："天上有多少星？"王四道："三万六千星。"汉子道："身有几条筋？"王四道："剥皮去肤寻。"汉子道："一刀几个洞？"王四道："一刀两个洞。"汉子道："你有几颗心？借来下酒吞。"王四被他问到这里，怒目答道："拳头上来领。"那汉子更不答话，只一拳，打正王四的面骨，但觉一阵头晕，眼花缭乱，再也不能抵敌，一跤跌倒在地。汉子还要上前捉住王四殴打，那茶肆中人多，一齐上前劝住道："老大息怒，有话好讲。"汉子便住了手，但叫陈园出来说话。那茶肆中许多人大半在帮，知道汉子是前人班子，不敢违背，只得去请到陈园与此汉子赔话，又叫王四向汉子叩头伏礼，才得了结。

原来上述汉子与王四问答的话，海底中也都载着。凡是同帮中人有意寻衅，使用这种话说问答，便好动手。话说王四自从吃了这次亏，以后再也不敢盘问人家海底。又一日，王四载着一船私盐，到镇江脱售以后，在鹤林居茶店内泡一碗茶，挂起招牌。尚没有人前来动问，却见一个醉汉，踉踉跄跄地走进茶店，看见王四挂着招牌，东倒西歪地走上前来问道："兀那厮，难道也在门槛？"王四立起答道："不敢，沾祖爷的灵光。"那醉汉道："敢问老大，贵帮有多少船？"王四听得，知道这是寻事的口气，恐怕吃亏，不敢依着海底对答。那海底中，也有一段情愿退让的话头，王四便依着退让的话答道："不敢，兄弟初到贵处，一切全靠诸老大包容。兄弟或有脱节之处，请老大诉知敝家师。朝廷有法，江湖有礼，光棍不做亏心事，天下藏不了十尺身，该责便责，该打便打，你我都是自家人，请老大息怒。直可以截，短可以接，兄弟初来乍到，全仗老大海涵。"说着，便呼堂倌泡一碗镶红茶来。不一会，茶来了，王四双手奉敬那醉汉道："兄弟先买一碗茶奉敬老大，待兄弟去请敝前人来，下老哥的气。”说时，便将镶红茶递过去打招呼。那醉汉只做没有听见，没有看见，拿起那碗镶红茶来，对着王四劈头劈脸地打过去，那碗热茶倾得王四一身淋漓尽致。

这一来不打紧，却引动了合茶店的帮徒，共有二三十个，蜂拥上前，将两个中的一个扭住便打，打得那人哀求饶命。正是：

江湖亦有江湖礼，不许渠魁一味蛮。

欲知被打者是谁，且听下回书中分解。

第十一回

刳心肝奸人遭横死
割首级侠客报深仇

话说王四被那醉汉将热茶倾得一身，霎时间合茶店二三十帮徒，蜂拥上前，将两个中的一个打得哀求饶命。那一个是谁？原来就是醉汉。列位看官，须知他们帮徒很重义气，很讲情理。这天眼见那个醉汉对于王四无理取闹，甚是不平，大家起来打这醉汉，可怜把这醉汉打得死去活来。王四在旁看了有些不忍，却去劝开了众人。那醉汉负伤，爬起身来，逃出店门，一直望东去了。王四见醉汉去了，也不多问，向众人道谢道："列位老大，义气如山，路见不平，拔刀相助，真是难得，小弟感激之至。"众帮徒谦逊了，替王四回了茶资，各自散去了。

却说王四贩盐完毕，回到徐州，见了陈园，说知醉汉的事，笑了一会。忽然有个心字辈帮徒，前来求见陈园。陈园看那帮徒，衣衫虽然褴褛，面貌倒也清楚，一见陈园便叩了三个头。陈园便道："你拜谁老头子？为什么弄得这样潦倒？"那帮徒道："小人李顺，南昌人氏，拜王文治为老头子。本为经商，上月来到贵地，误入赌场，把资本都输掉了，回不得家乡。闻得太师父多财多义，招收后辈，小人特来请求，恳太师父收留，情愿随身服侍。"陈园道："你是南昌人氏，来到此间，家中父母难道不要惦记？我今借你盘缠，早早回去，不要流落在外。"那李顺听了，连忙跪下道："谢太师父，小人不敢收受赏赐，只求太师父收留在此，情愿小心服侍。实因小人父母双亡，家无他人，回到南昌，依然没有安身之处。望太师父大施恩德，收留则个。”陈园听他说得恳切，果然答应道：“你既无处安身，这里也不多你一个，便留在我处，听候使唤便了。”李顺见陈园已允收留，叩头谢恩，从此服侍陈园十分谨慎。陈园爱他伶俐，便也很宠爱他，不在话下。

二三月后，正是秋凉天气，陈园患了腹疾，请医生诊视，开了药方。李顺去兑了药，煎好汤拿来给陈园吃。陈园吃过了药，上床安睡，李顺替他盖了被，下了帐，只管出门去了。话说陈园自从睡后，只是不醒。王四甚是疑惑，觅李顺不着，使去揭帐观看，不觉吓退了数步，失声呼道：“不好了！不好了！老头子被人毒杀了！”那时门外十几个徒背听见王四惊呼，急忙走了进来，看见陈园果然七窍流血死了，所盖的一条棉被上，斑斑点点都是血迹，都嚷道：“这定是药中有毒，快去寻着医生说话。”王四道：“李顺不在，甚是可疑，这种毒药定是李顺下的。他见老头子死了，便逃走了，兄弟快去把他捉来拷问。”那众徒背嗷应一声。各自分头去寻觅李顺。王四唤几个徒背将陈园尸身洗干净了，买棺成殓。

隔了二三个时辰，天色将晚，只见两个徒背已将李顺捉到，说道：“这厮已逃至屈家集地方，被我们追着。”王四一见李顺，愤恨交集，喝令徒背将李顺捆倒，先打一百皮鞭，然后说话。那李顺要想分辩，已被众人按在地下，打得皮开肉绽，鲜血迸流，几次晕得死去，王四都命用纸煤熏醒，才问他道：“谁人叫你毒死陈老头子？从实供出。若有半点虚饰捏造，便要将你心肝取出来，祭供陈老头子。若然实说了，捉到正凶，免你一死。”那李顺一则受打不过，二则恐怕要刳心肝，只得从实供道：“小人的老头子王文治，与安庆的潘安主爷至相要好。潘主爷因为这里陈老头子招收徒背，势力日大，与他有碍，叫王老头子想法除掉陈老头子。王老头子便叫我来行事，许我事成之后，带我去见潘主爷，有三千两白银赏赐。小人不知高低，坏偏了心，所以前来下手。”王四道：“你所供的是否实在?”李顺道：“句句是真，若有半句虚言，死在万刀之下。”王四大怒道：“你吃打不过，便供出实情来，真是个腌臜货，不是好汉。我若用了你，你也会将我的事告诉别人，恁地时却饶你不得。”喝令取下首级，刳出心肝，王四把去放在陈园灵前，率领全班徒背一同祭奠，大痛一场。王四当场发言道：“陈老头子的死于非命，都是潘安的阴谋，谁能去刺死潘安，报得此仇，不论辈分大小，我们就推他做头领。”众徒背齐声道：“我们不要做头领，只要杀潘安，报大仇。”王四大喜，又向陈园灵位拜了四拜。大家便各散去，纷纷来到安庆城中，谋刺潘安，替陈园报仇，不在话下。

却说潘安自从结帮运粮以后，只他最有家资，安居家中，遥领粮船，专一招收徒背，意旨实难测度。他恐陈园厉害，碍了他的手脚，叫王文治剪除陈园，自是实情。忽一日，王文治前来相见，报道：“传说陈园已被徒背李顺用药毒毙。李顺逃至屈家集地方，却被海白虾王四派人追着。以后的事不知如何，特来奉告。”潘安听说陈园已死，哈哈大笑，也不再问李顺的事，置酒款待文治，畅饮甚乐。是夜潘安独卧房中，鼾声大作。那屋顶上忽然划开一洞，一人悬身下坠，悄悄地走至潘安床边，揭起床帐只一刀，割下潘安头来，提着头，仍旧攀登屋顶，倏忽不见了。原来刺死潘安的那人，正是王四的徒背袁兴发。这天兴发取了潘安首级，把来放在包裹之内，星夜动身，不一日到了徐州，投见王四。王四大喜，将首级悬在陈园灵前，重行祭奠，哀哭一番。王四要请袁兴发做头领，只兴发哪里肯答应，众人也都说道：“替陈主爷报仇雪恨，是我们徒子徒孙应有之事。只此间头领，除却王老头子以外，谁也不能担当，仍请王老头子坐第一位罢。”王四见众意如此，仍旧自做头领，重赏兴发。从此王四一帮专门做贩私盐的道路，并无别的志愿。那潘安被害之后，其子潘仲达年方十四岁，聪明俊秀，爱好交结贤豪，众帮徒便即拥护仲达继承父志。仲达见其父死得甚惨，报请官厅检验，缉捕凶手，一面报告钱保、翁麟瑞等，查访真凶，代父报仇。其时正是乾隆二十一年，青帮成立不满十年，那山东、直隶、山西、安徽、江苏、浙江、湖南、湖北各省帮徒，有六七十万，大都靠着同帮兄弟众多，或是混迹江湖，无恶不作，或是盘踞乡里，欺凌懦弱。其中种种黑暗事情，做书的若然一一替他记录起来，虽百万言亦难详尽。

光阴如驶，一去不还，忽忽过了四十余年，乾隆让位，嘉庆登基。就这四十余年中间，张岳死了，林锦也死了，翁麟瑞落水身亡，钱保急病身故，那潘氏三雄、五虎将，以及新五六帮的一班好汉，嘉海卫帮的一班侠客，先后告辞人世，一个不留。只大家手下徒背，多者十余万，少亦三四千，徒子徒孙越传越广。书中琐事不记，却说道光末年，洪杨起事，运河被他截断，粮船不能往来。那时海运已通，朝廷就议将运河粮船裁撤，以省靡费。谁知这一来，把那五六万粮户的生计都断绝了。看官须知，这发起青帮的潘安、钱保、翁麟瑞等，本是借了运粮结帮为名，欲图大事，等到这班领袖陆续死了，那些后辈徒背，凡是运粮的，都有皇粮，丰衣足食，把他们老头子结帮的本旨都忘怀了。又过了四五十年，那班徒子徒孙，更只知清朝恩德，谁也想不到国家大计。现今忽听得粮从海运，裁撤粮船，好似青天里起个霹雳，从此以后没有粮俸受用，只得来到安庆，见了潘仲达，请想一个稳善的方法。

其时仲达年已将老，家中拥了五六十万资财，所以这班徒背都托仲达想法。仲达道："现在运粮户共有八万，一齐裁撤下来，自然衣食为难。只我的家资也极有限，若然把来分给众兄弟，每人所得甚少，济不得什么事。据我之意，这七八万人团结起来，另做一件稳善的事情。"众徒背问什么事，仲达道："现在众兄弟还没有到齐，等到各头脑齐齐到了，我自有计较。"那众徒背只得暂时散去。

隔了十余日，那七八万粮帮中的头脑，也有六十余个陆续到齐了，潘仲达请他们都到后堂计议，说道：“现在青帮徒背不下六七十万，只你们专司运粮，领有饷糈，一旦被裁就要恐慌起来。岂不想他们不运粮的徒背，如何也会有吃有穿，不见得怎么窘迫?”众人道：“他们都是做这贩卖私盐、偷漏关税的道路，这是有犯皇章，我们不能去做。”内中有几个道：“朝廷把粮船裁撤，断绝我们生路，我们也顾不得什么皇章。况且同帮兄弟做这道路的很多，不怕官兵捉拿。就是拿了去，我们同帮中也有做官的、当兵的，不至于吃亏。”仲达道：“这话说得很对。你们七八万人，在江湖上做事，消息灵通，倒不怕失事。就是失了事，我也认识不少官员，只管去三言两语，怕不把失事的释放出来。”众人听了仲达之言，胆子都壮起来，要去联络新五六帮、嘉海卫帮，一气做贩卖私盐的道路。正说得起劲，忽然一个头脑起来说道：“我有一个主见，不必去贩私盐，率领这七八万徒背，去做一番轰轰烈烈的事。”众人看那人时，原来是带领七十二粮船头脑，绰号叫作独角龙的林钧，都道：“林大哥有何主见？请即示知。”林钧不慌不忙，说出一番话来。正是：

豪杰不甘埋没死，青帮别出一支军。

欲知林钧说些甚么，且听下回分解。

第十二回

天花乱坠学究说谎
萍水相逢英雄聚义

话说一班粮帮头领听了仲达之言，要去贩私盐，林钧却另有主见，说道："如今洪杨作乱，天下纷乱，正是大丈夫建功立业之秋，怎的情愿去投身草莽，做强盗的勾当？依我愚见，曾国藩现在湖南练兵，几次杀败洪军，我们率领这七八万兄弟前去投军，曾帅必定收容。将来立了大功，博个封妻荫子，也不枉为人一世。"众人听了林钧之言，默默无语。半晌，一个说道："林大哥的说话，虽然有理，但是战阵冲锋性命难保。况且当了兵卒，一切行为都要听将帅之命，如有不从，要受军法。我们兄弟都是闲散惯的，一旦投身行伍，如何过得日子？据我看来，不如仍旧罢了。"众人也随着说道："这话说得很对。古语道：'好铁不打钉，好男不当兵。'我们堂堂好男子，却情愿去当兵么?"林钧见众人都不肯去，便也不再说话。等到席散，各头领自去率了徒背，纷纷落草去了，书中按下不提。

却说林钧别了众人，自己率了他所管带的七十二只粮船上的徒背，来到湘乡，求见曾国藩，备说粮船被裁，兄弟无处容身，愿投军前效忠的话。国藩大喜，检点林钧带来的人，共有二千五百余员，便命林钧做了统领，编入行伍，一面教练阵法，随着大军出征。那时正在用人之际，国藩见林钧所部，虽然不解用兵之道，却都勇悍异常，因之颇为信任。连打了好几次仗，倒也得力。那时英王陈玉成正在庐州一带耀武扬威，曾国藩分兵三路前去攻打，派林钧担任左路。谁知英王厉害，林钧敌他不过，屡战屡败。那中、右两路，虽然打了几次胜仗，只因左路吃紧，照顾不及，也被英王杀败而回。将详细战情报告曾帅，曾帅大怒，要将林钧依照军法斩首示众。其时林钧犹未返营，有人得知消息，前来密告，且道："将军若然回营，曾帅正在大怒之下，必依军法将汝斩首。"林钧闻言大惊，暗想："战败之将，本来难见大帅，但是英王凶猛，我实敌他不过。况且现在部下死伤大半，再去攻打，定然死得一个不留，太不值得。恁地时，如何是好？倒不如且去做了强盗罢。"林钧想定主意，暂不说明，传命兵士安下营寨，不许前进。到了夜间，召集十七个心腹偏将，告知其事，说道："我们打了败仗回营，曾帅将以军法从事。我们都有作为，如何随便肯死？不如出去暂避几时，再作计较。"那十七人个个称是。林钧又道："如今残部尚有一千余人，一齐逃走，必然要被追获。不如只我们十八个人，向后营出奔，暂觅一个安身之地。他们兵卒回营，曾帅必然仍旧收留，决不受罪。"众人道："此话甚是，只今夜便走。"当下那十八人结束好了，带了武器，开了后营门，没有惊动守门的兵士。但见一轮明月高悬中天，却不辨东南西北，只依着大道而行。

十八人似快马一般，匆匆地走着。约走了两个更次，远远地看见灯光隐约，知道前有村庄。林钧道："走得倦了，到庄里去休息一会也好。"于是众人便依着灯光而来，进了村庄，便见一所枯庙，林钧等便进庙中，就在拜垫上坐了休息。隔不多时，忽然听得一群男妇老幼呼噪之声，直趋庙门而来，口中都嚷着道："一群强人一定伏在枯庙里了。"原来那些村民，当这时候天下纷乱，时常被强盗劫掠，如今半夜三更，听见了许多脚步声响，疑是一群强盗来了，所以召集合村男女前来抵拒。却说林钧等坐在庙中，听见众人呼噪而来，预备迎战，各执白刃，冲出庙门。那一班村民，见是十几个官兵，却都呆了，又见各有利刃，恐怕被害，吓得跪在地下叩求饶命。内中有个村民，似学究的模样，略为乖觉，跪着说道：“将军勿杀我等。方才看见神龙下降，火光烛天，知道必有贵人到来，所以特来迎接。”林钧闻言诧异道：“你们怎样得知我等是贵人？”那学究道：“我等正要安睡，忽听得天空中一声大震，连忙出门观看，但见天上火龙一条直飞下来，红光烛照，如同白昼。那条火龙飞到这所庙中，便不见了。我等惊异，前来找寻，原来众位将军到了，以此知道将军等都是贵人。”林钧等闻言，莫不大喜，便问：“这里是什么去处？”那村民道：“这里叫作洪家村。”林钧对众人道：“我们自战地到此，约有一百里以外，何以只走了两个更次？此中莫非真有神灵救护之事？”众人称叹不置，那些村民便也散去了。

林钧等回庙细看庙址，实在破败不堪。廊下破匾一方，字痕隐约可辨，写着“洪钧庙”三个金字。林钧看了匾文叹道：“这所古庙，原来是洪钧老祖之遗迹，方才那些异象，必是洪钧显应。众兄弟应该重冠军衣，齐向神座敬谨行礼。”那十八筹好汉，果然齐齐向神前叩头。既毕，林钧道：“众兄弟听者，我们吃了败仗，失城陷地，挫尽威风，莫怪大帅要依军法处斩。幸而我们十八人，上赖洪钧老祖显灵，得能逃到此地，但是终非久远之计。众兄弟有何善法，大家商议商议，明天好作计较。”内中一人说道：“我们现在变为逃兵，各地官员全可把我们拿去请赏。不如解除武装，脱却军衣，反兵为商，自谋生计。若然守在这里，那些村民都已知道，传播开去，被当地官员得知，定有不测之祸。”内中又一个说道：“这话虽然不差，但是我们没有本钱，如何好去谋生？据我看来，我们现在身骑虎背，进退两难。倒不如团结起来，啸聚山林，劫富济贫，也是英雄本色。将来得有机缘，仍可建立功业，终不致埋没了一世。不知众兄弟意下如何？”言犹未了，只见众人都拍手称赞道：“这话真正不错，我们一定如此。”林钧道："这个主张也见得是。只做事须要做彻，不可有首无尾。大家仿梁山泊故事，同伸大义，便在这个庙中设誓为信，以后有福同享，有难同当。"众人齐声应道："既然情愿聚义，应该这般办法。"当下众人谈了一会，等到天明，便在附近村店买了香烛、纸帛、三牲、水果许多祭品，供在庙堂之上，焚香设誓，推举林钧为首，连同部下共计一十八筹好汉，结为异姓兄弟，永不背盟。

团拜已毕，便将祭品大吃一顿。然后改换服装，扮为客商模样，混进城门，暗地探听城内富户，到了夜间，动手劫掠。一连劫了三四夜，却没有被官兵捉破，这也是他们合该成事。共劫得八九千赃银，带着暗暗出城，到李家堡地方，觅得一片空地，四方多是高山，并无居民。林钧等众好汉，便在这高山之中分散赃银，搭盖草棚，买了许多好酒好食，大家开怀大嚼。林钧道："这座荒山，形势非常险恶。四面都是高冈，左右两个峰头，更是可怕，只恐猿猴也不能上去。我们据守此山，只消一二百人，将前后两面把守好了，并你千军万马，也不怕他杀得进来。恐怕宋公明的梁山泊，也不过如此险峻。哈哈！这却不是天助我们的么？"众好汉见得这山果然凶恶，也都欢喜。从此以后，他们便在山中操练武艺，那山便成了大盗的窟宅，红帮的发祥之地。但是这山一无出息，没有半株树、一丛草，只怪石嶙峋，人迹少有。他们守此荒山，觉得寂寞，除却操练武艺以外，唯有下山行劫。好在他们武艺高强，每一次下山，总得着几个月粮草。

书中有话即长，无话即短，匆匆过了半年。一日，探听得大队客商在山下经过，众好汉都要去抢。林钧道："安分客商赚些蝇头微利，众弟兄休要去抢。若是贪官污吏的非分之财，取之不伤义气。"众好汉道："哥哥有所不知。他们那些客商，载的都是金银珠宝，不像真正商人，想是假扮客商在此间经过。我们尽管去抢，抢得来，问明了果真是客商，再放还他们不迟。"林钧道："这话也说得是。"当下众好汉携带刀杖，齐到山下埋伏。

不一会，果然十几个客商押着两担物件一路而来，走到山坡脚下，众好汉呐一声喊，一齐杀出。那十几个客商却也各有凶器，拔出来抵敌。战了一会，几个客商都被他们生擒活捉去了。林钧叫来问明底细，才知那班客商果然都是强盗假扮，在附近县城劫了一阵，预备回寨。林钧道：“恁地时，都是一家人，叫将两担东西都还了他们，莫伤了江湖上的义气。”那众强盗一则见林钧义气深重，众兄弟武艺高强；一则见山险冈峻，可以安身，都情愿投降。林钧大喜，也与他们兄弟相称。自这一来，林钧的名字渐渐地传扬开来，四方大盗听得羡慕，一起一起地前来入伙。那荒山之中竟聚了三千余个杀人放火不怕死的好汉。

一日，林钧大会众兄弟，说道：“这座凶恶的山冈，我想起个名字，似梁山泊一般，人家听见了，不是更有威风么?”言犹未了，一人说道：“兄弟有个好名字，可以称得此山。”林钧看那人，却是新入伙的陶骏，便道：“陶大哥有什么好名字，便请说出来。”陶骏便不慌不忙，替这荒山取个新鲜的名儿。正是：

龙游大海气愈盛，虎踞深山势更凶。

欲知陶骏说出什么名儿，且听下回分解。

第十三回

立帮规秀才造反
上军报统带冒功

话说陶骏要替荒山起个名儿，林钧催他快说。原来这陶骏本是个不第秀才，颇能识个字，因事犯法，逃出来遇着强盗，牵引入伙。他自做了强盗，满心欢喜，说道：“这秀才没有趣味，倒不如做强盗的开怀。”那天他便对众人道：“兄弟闲来登上高冈，看看形势，见这座山四面高冈围住，左右两个高冈便是雄壮，有如二龙取珠一般。不如就将此山叫作双龙山。”林钧等听了，大喜道：“双龙山的名字取得甚好。这座山的形势，果然像双龙盘旋一般。”

当时既将山名议定，林钧又对新入伙的兄弟讲起逃入洪钧老祖古庙，神龙下降火光照天一段异兆，一般新兄弟听了，都惊异道：“林大哥上应天星，所以神灵护助，将来定可做了皇帝。”林钧道：“你们休如此想。我只想将来我们众兄弟个个能够发达，才不负了洪钧老祖显灵救护的恩德。现在虽然做了绿林好汉，将来仍旧要去做一番事业，应该立一帮会，制定规章，才能够统率兄弟。若然毫无限制，何能长久？”众兄弟都道：“大哥言之有理，兄弟们愿推大哥为大王，总理全山。”林钧又道：“我们饮水思源，旧部一十八人性命，实是洪钧老祖所赐。现在立帮，便当将洪字为名。”众兄弟又皆称是。林钧便将全山兄弟立一总帮，叫作“洪帮”。林钧做了大王，其余都是兄弟相称，却不像青帮规则，有师父、徒弟的分别，总算一律平等。

林钧既然立了帮名，又想起青帮有十大帮规，也与陶骏商议妥善，订定洪帮十大规则、四条誓约，布告众兄弟道：

帮规十则列下：

一、不准泄露帮条。

二、不准同帮相残。

三、不准私自开差。

四、不准违犯帮规。

五、不准引见匪人。

六、不准调戏同帮妇女。

七、不准扒灰倒灶。

八、不准吞没水头。

九、不准违抗调遣。

十、进帮不准出帮。

誓约四条列下：

一、严守秘密。

二、谨守帮规。

三、患难相共。

四、与帮同休。

林钧既将帮规、誓约布告了众兄弟，又与陶骏议定职司，分为五等：

老大　一位　专司一切军机要务。

老二　二位　专司一切粮饷财源。

老三　四位　分掌出马、开差、应行、应止事宜。

老四　六位　督察全山勤惰以及票布符号、哨线防务事宜。

老五　一位　专司全帮功过赏罚。

林钧又定立五色旗帜。老大拿黄色旗，老二拿蓝色旗，老三拿白色旗，老四拿黑色旗，老五拿红色旗。这五色旗分得明白，以后出发，只要将旗举起，全山的兄弟们远远地看见，就可明白哪一位来了。老大一职是全山主脑，林钧自己任了，其余老二、老三、老四、老五都叫众兄弟公推。于是大家便推徐亮、钱琨二人做老二，赵文、徐备、陆和、张春四人做老三，倪福、蔡双、沈忠、平信、王起、杨成六人做老四，陶骏做老五。那老五一职，除却老大之外，最为尊贵。虽然一样兄弟相称，然而他有生死赏罚之权，众兄弟都怕惧他，唤他叫作当家。当下林、陶二人立了帮规、誓约，分定五等职司，林钧又叫陶骏制定票布，以为证据。陶骏便即立出票布，叫老四分发众弟兄收执。那票布长约四寸，阔约二寸，用黄布做成，“双龙山”三字的旁边，绘着五爪龙两条，中间盖着印信。众兄弟收执好了，不准遗失，也不准给帮外的人观看，因为内外口号都写在这票布之上。譬如甲问乙道：“安?”乙应该答道：“邦。”问道：“定?”应答道：“国。”若然票布被帮外人看见，那内外口号就没用了，所以要将这票布藏得秘密。

却说林、陶二人既将票布制定分发，吩咐众弟兄，将这双龙山尽力开垦，移植树木，播种五谷，一面打发兄弟下山，招到泥水木匠，大兴土木，建造高堂大厦。那大堂之上，悬着金字匾额，叫作“忠义堂”，每天聚集兄弟，在堂上议事。光阴迅速，转瞬半年，这双龙山一天发达一天，实足兄弟三千余人，日在山中操练人马，整顿武备，独霸一方，谁也不敢正眼觑他。那时洪、杨军的声势，正是厉害。官兵抵敌洪、杨还来不及，自然顾不得双龙山的猖獗了。林钧看看帮势日盛，得意非凡。陶骏道：“我们守在此山，抢劫勒赎，终不是久远之计。现在天下纷纷，正是大丈夫有为之时，将来一枪一剑立了功绩，红顶子、黄马褂也不足为奇。人家说起来，才不负这‘忠义堂’三字。不知哥哥意下如何?”林钧道：“我也如此想，一有机会，便当出山，率领众弟兄另成一支劲旅。”

正说之间，哨防山务的帮徒前来报道：“探得长发军首将范三麻子，领兵五千，冲营突垒而下，距离李家堡不远，不日要在山下经过，特来报知。”林钧闻言，哈哈大笑道：“前番我被长发军杀得损兵折将，挫尽威风。今次他们在我这里经过，定要杀得片甲不留，才雪我昔日之愤。”说罢，传令全山兄弟，预备今夜厮杀。那班兄弟们，正闲着没事，听得将要厮杀，个个摩拳擦掌。待到二更时分，林钧登高眺望，见长发军大队人马，火把齐明，排山倒海而来，便令二千兄弟分为十队，暗伏大道两旁，但见流星号起，方可杀出。那二千兄弟领命去了。又派五百兄弟，暗地抄至长发军后队，如是如是，那五百兄弟也领命去了。林钧自已率领五百兄弟，直由大路下山，当而迎敌。那时长发军浩浩荡荡，奔杀将来，各个手执灯球，横冲直撞，如入无人之境。忽然一声炮响，山凹里冲出一彪人马，火光之中，照见打着林氏旗号。长发军没有准备，已是惊慌，不意林氏军中流星号起，大道两旁又冲出十几队军马，打起灯火，刀光如雪片一般，一齐呐喊杀将上来。那时长发军三面都是敌人，又在昏夜，不知这十几队人马究有多少，全队不战自乱。不消片刻工夫，两军已经接触。那帮徒不问情由，乱砍乱杀。长发军首将范三麻子见不是头，连忙发令，前队翻作后队，望后退却。谁知后面又是一彪军马杀出，强弓硬弩如飞蝗一般猛射将来，杀声又是震天而起。那时长发军前后左右，都是林钧兄弟，三千强盗有如千万兵马的声势。长

发军无心恋战，四散逃走，人马自相残杀，死伤不计其数。这一场恶战，自二更时起直杀到天明，林钧方才鸣金收队归山。检点人马，没甚损伤，获得刀杖马匹无算，林钧赏赐既毕，令各戒备，恐防长发军再来报仇，不在话下。

却说长发军范三麻子一队五千余众，自遭这次大败，几乎全军覆没，又到处招募去了。那李家堡官军，看见长发军大败而退，统领杨得胜大喜，申详上台，冒居大功，略谓："长发军五千余众，乘夜前来袭劫李家堡，被末将率领大队亲冒矢石奋力击退。"上台信以为真，大加激赏，一面叫他严密防范，勿令长发军进得李家堡一步。事隔半月，范三麻子又去招集亡命三千，整齐大队，要到李家堡来报仇。乘着黑夜，星月无光，人披软甲，马摘銮铃，悄悄地进了李家堡。官军将士才从梦中惊醒，走出营门，打起火把一望，但见长发军已是漫山遍野而来，急得那班官兵上天无路，入地无门。杨得胜更是着急，披挂上马，要想出营逃走，却遇长发军冲进营门劈面迎着。长发军大呼道："前天被你们杀得很辣，今夜也须让我们杀一个爽快了。"说着，可怜杨得胜的脑袋，早已劈面两爿。全营的兵卒，哪里有抵抗的能力，直被长发军杀得似切菜一般，人头滚滚，血水滔滔，没有一兵一卒逃得性命。

那夜范三麻子得了大胜，传令就在李家堡搭了营帐，解装安寝。众长发军杀了半夜，本也困乏，便即沉沉睡去。谁知到了四更天气，睡兴正浓，忽然许多长发军但觉头颈里一片冰凉，透过心窍，脑袋滚滚而下。有些没有落下脑袋的，惊醒转来，但见合营都是敌人，手挥白刃，只管乱杀。可怜此时长发军兵甲俱无，赤手空拳，如何抵敌？正是：

夜半劫营神莫测，直疑飞将自天来。

欲知突然前来袭杀长发军营帐的，果是何人，且听下回分解。

第十四回

独角龙大败红羊军
四眼狗强抢黄花女

话说范三麻子的长发军，被敌人前来劫营，睡梦之中，惊醒转来，人不及甲，马不及鞍，走得快些的，逃了性命，略为慢了一步，脑袋不保。这一夜的损丧，比前次还要厉害。范三麻子逃出营门，手中只剩十几个人，落荒而走。从此，长发军不敢再到李家堡一带来尝试了。看官，你道前来劫杀范三麻子营帐的，果是甚人？原来就是林钧大队人马。那夜范三麻子进了李家堡，杀了杨得胜，双龙山上便即得信，众兄弟都要下山救援。林钧道："不可。待他杀得畅快了，心满意足，然后前去劫营。出其不意，攻其无备，必获全胜。"众兄弟闻言大喜，暗暗出发，先将范三麻子前线哨兵杀死，使得他们不能回营报告，然后分为前后左右四队，衔枚疾走，杀进营门，所以范三麻子措手不及，败到如此地步。

话说双龙山好汉自从两次大败长发军，声名大振。其时彭玉麟统领大兵力战洪、杨，正在用人之际，听得双龙山大盗林钧善于用兵，派心腹二人前来招安，劝其改邪归正，为皇家出力。林钧招待来使，问明原委，说道："林某本是曾帅部下一员大将，只因几次损兵折将，见不得曾帅之面，所以到此落草。今若降了彭帅，设有疏失，岂非误了大事？败军之将，何足为重？敬请归告彭帅，林某镇守这座双龙山寨，决不扰害地方，并且一样可以帮助大帅出力。若要林某率领投降，不敢闻命。”来使道：“大王之言差矣。大王此时兵多将勇，远非前次可比。况且胜败之数，兵家常事。现在大帅听得威名，特嘱某等前来敦请，将来立了功绩，自当不次超擢。大王雄镇一山，虽然威武，只怎的能够发挥胸中才略？某等愚见，还请大王从大处设想，裁夺则个。”陶骏等一班头领，也劝林钧道：“大哥雄才大略，彭玉麟大帅又非嫉贤害能之人，大哥去投顺了他，必然有个出身，我等也尽心竭力替大哥出力。尽可早决大计，不必犹豫。”林钧见众人都如此说，只得应允了。来使大喜，回报彭玉麟，彭氏派员前来迎接。林钧率领全山兄弟投归彭氏部下。那时林钧帮徒，不下五千余人，编为数十营，驻扎要隘，听候调遣。

一日，林钧来见彭氏，彭氏道：“现有溧阳一城，长发军占据三年，根深蒂固，屡次出兵，未能打破。如有人能破得此城，便当奏明皇上，保举大官。”林钧便自告奋勇，愿去攻城。彭氏大悦，多给他器械粮饷。林钧领了回营，报告众兄弟道：“现在我奉彭大帅将命，前往溧阳攻城。这溧阳贼寇实在厉害，不可轻敌。前次大帅几次出兵，都是大败归来。我们今天奉命出发，应该大家勇往直前，将溧阳城一鼓而下，不但立功受赏，并且也显得我们洪帮兄弟的厉害。”说罢，营中呼声四起，都愿奋勇杀敌，大显洪帮兄弟手段。林钧大喜。当夜造饭，拔队起程，直向溧阳进发。

谁知这次林军摇旗击鼓而来，溧阳城中长发军早已探得详细，预先戒备。等到林钧近城，不见长发军旗帜，大是疑惑，飞派探子马去打听消息。不一时回来报道，长发军大队已于今天早上出东门走了。又到城里去观看动静，但见各营房内土灶俱全，确是临时匆遽逃走的样子，只不知他们逃到哪里去了。林钧听了，想了一会，对众兄弟道：“长发军忽然他去，必有缘故，我们尽管进城。只不许解装而卧，一概露营，枕戈待旦，万一有甚动静，我便传命厮杀，不得有误。”众兄弟听了林钧吩咐，拔队入城，各处街坊巡逻，没有什么怪异。

到了三更时分，忽听得一声炮响，城内杀声四起。那时帮徒听了林钧命令，不敢安睡，一闻炮响，即便严阵迎敌。将近南门，只见长发军大队似潮水一般汹涌而至，人人手执鸟枪，拨动机栝，弹丸如雨，劈面打来。林钧连忙发令散开队伍，只管冲锋。命令方下，只听得一声大震，有如山崩海裂一般，两座民家高墙无故坍塌，那夹墙里头冲出一二百匹怒马，马头上都扎着两柄长刀，锋利无比，直冲林军阵中，刀锋到处，血肉横飞，或是被马冲倒，踏为肉泥。这一来，林军阵势大乱，折了不少人马。原来那马便是长发军预先伏在夹墙之中，等到林军到齐，马尾上结了灯油燃烧起来，那马负着疼痛，舍命向前奔驰。这是田单火牛破齐之计，长发军用来攻破林军。话说林军自被那马冲了一阵，已自乱了队伍，迎面又是长发军杀来，只得向后退却。林钧一看大事不妙，发令道："长发军人数不多，枪弹又少，兄弟们只管进攻，败逃者斩。"那班帮徒，本来不知死活，又被长发军怒马冲杀一阵，更是痛恨切齿，一闻林钧命令，大家提起勇气不再退却，手挥白刃，又复向前冲杀，个个奋不顾身，一以当十。酣战了一个时辰，长发军杀得筋疲力尽，不能支持，纷纷退后。林军只管追赶，杀得长发军尸横满地，血流成渠，逃出城门，四散去了。

这一夜恶战，林军转败为胜，克复溧阳，出榜安民，一面飞骑彭玉麟军中，报告大捷。彭氏得知信息，暗暗叹服这位独角龙果然厉害，不觉喜出望外，星夜飞奏朝廷，请奖得力将士，以资鼓励。朝廷准其所奏，擢升林钧为提督。其余有功将士，如徐亮、陶骏、钱琨、赵文等，以及林钧旧部十八人，都得了官职，受了赏赐。全营兵卒，赏发一月恩饷。从此以后，林钧的洪帮军，不论长发军、官军，都知厉害。长发军一见林氏旗号，不敢作战，便即退去。威名日震一日，人数日多一日，洪帮的势力，也是一日大似一日。

但是林部军士战阵虽然甚勇，却时常不守军纪，做出非法的行为。俗语道得好：“江山易改，本性难移。”他们都是强盗出身，如今穿了军衣，领了军饷，或是翎顶辉煌，当了千总百总，都脱不了独霸称雄、杀人劫物的念头。忽一日，徐亮、张春两人，轻裘怒马，率领了十余个虎狼兵丁，出城行猎，满载獐猫狐兔而归。一路上鞭敲金镫，人唱凯旋，好不快乐。缓辔行来，离溧阳城尚有二三十里远近，忽然半天里一朵乌云升起，霎时间雷电交作，降下一阵大雨。徐、张等大起恐慌，拍马疾驰，寻觅村庄，暂避雨势。约行半里之路，即见茂林深处隐隐似有人烟。催骑前进，果然是一座很大的村落。进得村来，向一大户人家求个避雨之地。那家主人高老太公见是官兵，不敢怠慢，立即应允，请入客堂，进汤送水，竭力周旋，一面叫人将马牵入后槽喂养。徐、张等因见高老太公如此厚待，也很感激，坐在客堂之上，等待云散雨止便即进城。谁知天公偏不作美，倾盆大雨直落到黄昏时候仍不住点，心中甚是焦灼。高老太公说：“今夜雨势眼见不能住点，列位将军不便进城，就在敝宅权宿一宵也不妨事。”徐、张都道：“雨势不止，不能行动，太公盛情留宿，感激之至，后当重重相谢。”高老太公道：“这个便当，何用相谢？”说罢，自去关照厨房，预备众人饭食。徐、张也叫兵士取出猎得的野味，借他厨房里烹煮，端整大嚼。

却说这个张春，绰号叫作四眼狗，本是洪帮中的老三，现在又因立功当了千总，很有体面。只他出身强盗，贪财好色，那夜闷坐无聊，踱到厨房里来观看兵士烹调。别转头来，忽见对面一间房内，一个绝色女子在那里摇纱，灯光之下，照出雪白粉嫩脸庞儿，着实令人可爱。张春一见，魄荡魂飞，站住脚跟向里偷看，看得出神。那女忽然抬起粉颈，见了张春丑态，羞着避到里面去了。张春神魂颠倒，仍如木鸡一般呆立不动。那时众兵士看见张春如此，早已觉得，烧好野味，请张春出去大啖。张春只得快快而出，满台肴馔无心咀嚼，匆匆吃了几块，便去睡了。只翻来覆去，如何睡得着？便有一个心腹兵丁走到张春床前，悄悄问道："长官心绪不宁，饮食少进，莫非为了方才那个女子？"张春霍地坐了起来道："正是为了那个女子，你却怎的知道？"兵丁道："实告长官，方才看见长官一派神情，便猜着了八九分。那女的情形，我也探得明明白白。"张春大喜道："恁地时，你快告诉我听，我这时闷得要死。"兵丁道："那女名叫金凤，便是高老太公之女，今年一十七岁。这高老太公并无他子，只此一女，爱如掌上明珠，已经招了东村李秀才入赘为婿，出月初一便是吉期。这是在他们厨司口中听得的，实实在在，并非谎言。"张春起初听了甚是乐意，及闻那女已经招婿，好似冷水浇背，一团热气顿时冷了，长叹一声，倒转身躯又自睡了。那兵丁只得退却，也去端整睡觉了。这一夜，张春睡在榻上胡思乱想，不曾合眼。

等到天明，雨止日出，大家起身，高老太公又来请吃早饭。徐亮、张春等吃罢，谢了太公，告辞回城。太公又叫人到马槽里牵出那几匹马来，还了他们，送出庄门而别。

却说徐、张等进了城中，各自回营。只张春自回营中，倒头就睡，饮食不进。亲兵当他病了，前来问候，张春便将心事说明，并道："那女已经招了夫婿，若去说亲，必然见拒。我想借重你们众位兄弟，今夜去把那女抢将回来，重重相谢。"亲兵嗷然应道："长官吩咐，谁敢不从？今夜决定前去行事。"张春道："你们肯去，再好没有。只事体应该秘密，莫被外人知了，反有许多不便。我已探得那村非常富足，你们只要将那女抢来，金银财宝任凭你们分派。"众兵丁听了此话，一发起劲，巴不得立刻就天夜。

挨到一更时分，四五十个兵勇直奔村中，呐喊一声，冲进高老太公宅基，吓得太公伏在门角里发抖。只见那些兵丁并不翻箱倒箧，搜括财物，只是东奔西走，像要寻觅什么仇人一般。又见昨夜在厨房中烹煮野味的兵丁也在其内，只是凶眉怪眼，可怕煞人，不敢上前相问。隔不一会，但见一群兵丁簇拥着他女儿，自后堂而出，急得太公双泪直流，心酸骨痛，奔上前来救护，被兵士一手推开，跌倒在地。那班如虎如狼的兵士，既已得了女子，然后放出强盗伎俩，择了富有村家，大施劫掠，金银宝贝、子女玉帛，取了不计其数，捆载回营。正是：

人信官兵防盗匪，孰知盗匪即官兵。

欲知后事如何，且听下回分解。

第十五回

丑态毕露金凤姐受辱
平地起雷玉麟楼逞凶

话说那班虎狼兵丁抢了女子，劫了财物，捆载回营来见张春。张春一见那女，喜得心花怒开，自来携了那女入房，所有金银财宝叫兵丁只管分用，那些兵丁自然欢喜，称谢去了。张春携女入房，意欲求欢，那女誓死不肯，啼啼哭哭愿寻一死。张春无奈，只得好言相慰，说道："我现在做了千总，将来步步升高，要做将军、大帅。你若嫁我为妻，凤冠霞帔，就是一个大将夫人。况且我年尚少，也知惜玉怜香，你若顺从了我，我也一样可以温存体贴，使你开怀。你若想念老父，一样可以迎接将来，这里一同居住。"那女闻他一派语言，又羞又怒，眼泪似断线珍珠一般直流下来，骂道："狗奴才目无王法！我乃弱小女子，手无寸铁，被你们一班披毛戴角的畜类强抢过来，将来你们一定死在万刀之下。今日若不送我回去，我就死在这里，做了厉鬼和你拼命。"张春被他骂了，知道一时不能下手，只得退出，反扃了门，自去与众兄弟商议办法，不提。

却说高老太公自从爱女被抢，全村富户也被抢掠一空，啼哭呼救之声喧成一片。等到兵丁去后，齐集高老太公之门，纷纷说道："这班兵丁定在溧阳城中，竟敢出来狂施劫掠，无法已极。"高老太公便将前天下雨留宿兵官的事说了一遍，众人都道："这些官兵都是洪帮军，本来凶悍，不守法纪，他们主将就是林钧，我们快到城中去告状。”于是众人拥了高老太公，进得城来，到林钧营中申诉被抢的事。这林钧虽然知道被抢是实，却要包庇同帮兄弟，不肯受理，说道：“你们没有指出证据，怎的可以妄告？现在长发军余孽尚多，匪盗遍地皆是，你们不幸被抢，只能怪我防剿不力，如何却来诬蔑我们兄弟？快退出去，不要惹打。”高老太公等见林钧包庇部下，只得退出营门，既是悲伤，又是愤怒，做了状词，便到彭玉麟大营告诉申冤。

也是合该林军解散，恰巧彭氏巡阅到来，行辕方定，升坐大帐，忽见中军递呈公禀一件，便是高老太公等全村人民告发林钧约束不严纵兵淫掠的事。彭氏一看，大发雷霆，唤进村民，谕道：“尔等只管回去，本帅自当秉公办理。”言尚未毕，又闻一片呼冤之声，正要派人查问，只见旗牌进来报道：“现有一群百姓，持香跪在营门之外，口呼冤枉，敬禀大帅发落。”彭氏得报，命叫为首数人进来问话。未几，百姓叩见大帅，禀明原委，却又是说林军到城以来，四出骚扰，民间鸡犬不宁，半月以内，城厢内外被林军劫掠大小五十余起，无法无天，比长发军还要厉害。彭氏细问一过，怒发冲冠，斥退众多百姓，立传林钧进见。

林钧不知为何，参见既毕，肃立一旁。彭氏怒容满面，一言不发，便将乡民禀帖丢在地上，叫林钧自己拾来观看。林钧见此情形，心知不妙，战战兢兢拾将起来，略看一过，吓得汗如雨下，跪下叩头，请求宽恕。彭氏大怒道：“尔在双龙山做强盗，称雄称霸。本帅爱你勇悍善战，特地遣使招安。原望你效命疆场，立功报国，谁知你竟全无心肝，生成贼骨，不识抬举，率领一班亡命，穿了军衣，依旧做这强盗的行径。今日积案累累，死有余辜，更有何说？”林钧叩头道：“大帅明鉴。部下犯法，卑职一时失察，敢请大帅开恩。待卑职查明滋事兵丁，解交大帅落发。”彭氏一发怒道：“你们洪帮兄弟订有帮规，出去抢劫全帮皆知。你是帮魁，如何会得不知？军法俱在，休得分辩。”说罢，又发令道：“林钧纵军殃民，证据确凿，着即斩首示众，以整军纪。”这话一发，吓得林钧面如死灰，叩头不止，连呼：“大帅开恩！”彭氏只做没有听见，眼光闪闪不定，向两旁将领身上注射，意欲阻止他们代为林钧求恕。谁知两旁将领见此情形，若不出一言，林钧性命即在目前，即便大着胆子，齐齐跪下，同声禀请元帅暂缓典刑。彭氏道：“尔等敢代林钧求恕，有何情理？”众将道：“林钧这次犯事，实由约束不严，敢请元帅念其汗马功劳，赦其一死。末将等愿保林钧以后决不纵容部下，扰害民间。如若有之，情愿代受其罪。”彭氏闻言，凝眉想道：“林钧自从投顺以来，立功委实不少。这次犯案，便即杀了，不免寒众将之心，阻后来之路。不如饶他性命，赶出营门，免得留在部下，坏了军纪。”当下谕道：“林钧纵兵害民，本应依照军法处死，姑念众将请求，着即摘下顶戴，逐出营门。至其部下兵丁，万难再事姑容，任令殃民惹事。所有为首滋事之徒张春等一十余人，一律正法。其余即行解散，不准稍事逗留，但从宽酌给恩饷，遣回原籍，自谋生业，勉作良民。至于军装武器，速行如数缴出，勿许贻误。溧阳驻防兵队，应由本帅另派得力将校接充。切切！”谕罢，林钧及众将谢恩而退。众将私下置酒，与林钧压惊。林钧向众将一一道谢，酒散之后，告别而出。那时张春一干人等，依法斩讫。高老太公之女，护送还家，所有赃物，通知失主具领。林军五千余人，各发恩饷遣散。

谁知那班兵丁名为领饷回籍，却悄悄地仍到双龙山上会合。林钧丢了功名，无处容身，又不甘老死牖下，自然仍将双龙山为根据地，统领其众，重振帮声。这回林钧盘踞双龙山上，比较前次一发横行无忌，居然率领大队出去攻打县城，劫掠府库，富家大户更不必说。每到一处，繁华富饶之地顷刻变为瓦砾之场。那时长发军势盛，清军正用全力抵御，对于双龙山贼寇，委实无暇顾及。彭玉麟又是奉调荆襄，更属鞭长莫及，所以洪帮势力日益猖獗。两年之间，双龙山人马聚集一万余众，各处绿林豪客也都进了洪帮，遥为声援。直到咸丰末年，洪杨平定，曾国藩闻得双龙山寇盗强盛，特派三万大军前往痛剿，围攻二月有余。林钧力不能支，先自逃窜，余众因见首领已逃，也各四散流亡。双龙山的威风，到了此时才算告一结束。他们流落江湖，或是贩卖私盐，或是纠众劫夺，终不脱匪盗生涯。但是他们的帮规，要做英雄好汉，什么鼠窃狗偷的行径，他们都不屑干，所以洪帮兄弟自从双龙山衰败下来，只有两种事业：一种是杀人放火，抢劫贩盐，他们叫作武差事；一种是开场聚赌，强凶霸道，他们叫作文差事。虽然散在四方，仍旧互通声气。隔了七八个年头，林钧病亡，无甚大事，本书不必细表。

却说洪帮兄弟之中，有蔡标、孙琪两人，枭勇无匹，在江都县西麻镇上称雄独霸，大贩私盐，手下帮徒众多，气焰甚炽，地方人士莫不侧目而视。蔡标开设玉麟楼茶肆，却是帮徒集聚的所在，名为茶肆，实在就是犯法作乱的秘密机关。那蔡标等一班帮徒，每天早上都在茶肆聚会，帮外之人不敢擅入。忽一日，一个凛凛大汉，大踏步闯进茶肆，见上首座头空着，不管什么径自坐了。众帮徒看那大汉威风凛凛，怒气勃勃，疑他有意前来寻衅。那时蔡标犹尚未到，早有人一溜烟前去报告。蔡标、孙琪得信大怒，立即带领党羽多人，各执朴刀、杆棒扑奔而来。进门果见一彪形大汉据坐席上，蔡标更不答话，大喝一声，举棒便打。那汉更是倔强，一脚踢翻茶桌，拿起板凳，便来抵敌。二个好汉交手恶斗，正在难解难分之际，忽见人丛中走出一人，上前劝道："两位英雄，且各住手，听我一言。"两人果然各住了手，争看来者何人。正是：

两虎尚未分胜负，旁观突出解围人。

欲知来者何人，且听下回分解。

第十六回

酒楼聚首畅话平生
湖海贩盐小试手段

话说蔡标与那大汉正斗得起劲，忽然一人上前劝阻，两人果然住手，争看来者。但见那人白面微须，笑容可掬，一派秀才模样。蔡标一见，便认得那人姓盛名春，表字春山，虽然秀才出身，却好交结江湖好汉。那盛春山见两人住手，便上前各施一礼，微笑说道：“两虎相争，必有一伤，所以小弟特来劝解。”说着，左手握着蔡标，右手握着那汉，拣了空的座头，一同坐下，笑着对蔡标道：“老兄奈何不识英雄？这位好汉器宇不凡，定非俗子，幸各以礼相见，切莫伤了和气。”因又请问那汉姓名，那汉道：“小弟姓陈名保山，避罪出门，初到此地，只在茶肆坐地，并没有触犯了他，不知他为了何事突然打我。”盛春山哈哈大笑道：“陈大哥有所不知，这里茗泉茶肆，便是这位蔡标蔡大哥所开。上首一个座头只有蔡大哥可坐，别的客人不准擅坐。大哥初来，不知就里，胡乱坐了，蔡大哥只当你有意前来寻衅，所以有此误会。”蔡标听了陈保山之言，知他并无恶意，也便起身赔礼道：“方才实是误会，冲撞好汉，多多得罪。”

保山也道：“既是误会，大家罢休，过去的事，付之一笑罢了。”盛春山见二人解释嫌怨，得意非凡，说道：“两位都是英雄，既然各能见谅，兄弟今天聊备菲席，请两位喝一杯和气酒儿。如蒙不弃，便请即行。”蔡、陈二人同声应允，于是三人立起身来，径到大兴园菜馆，拣了一副座头，分宾主坐定。那边茶肆中，孙琪等一班帮徒回去的回去，喝茶的喝茶，书中不提。

却说盛春山等坐定之后，酒保拿上酒菜，开怀畅饮，各吐胸中志气。那蔡标自幼学得一身武艺，称雄独霸，贩卖私盐，不必多述。那陈保山本是竹工之子，生性粗豪，好弄拳棒，惯抱不平，每天混在茶坊酒肆，不务正业，与一班地痞无赖东闯西撞，生事惹祸，无所不为。他父教训不得，恐怕惹出祸来，连累家属，特到县衙立案，驱逐劣子。保山从此无家可归，东眠西宿，一发不可收拾，和同里黄老卓意气相投，结为至友。那老卓有个妻室，容貌妖艳，生性淫荡，被恶少张三公子诱惑，明来暗去，已非一日，只瞒了黄老卓一个。一天也是合该有事，保山来到老卓家里，老卓却已不在，恰巧撞着张三从那妇房中出来。保山见了大怒，寻觅老卓，告知其事。老卓又羞又恼，回家拷问妻室，尽得其详。匆匆出门，与保山计议道："张三这厮引诱我妻，誓必杀死了他，才雪我心头之愤。"保山慨然应道："兄弟惯打不平，况且是你哥哥的事。今夜便去结果了他，取他心肝来交给哥哥，也见得我一腔义愤。"老卓当他戏言，不以为意。谁知一到傍晚，张三行经一条小巷，劈面遇着保山，被保山一把拉住，突出利刃，不消三刀两刀，只胸前一刀，张三已被杀死在地。保山顺手挖出心肝，用破布包了，来见老卓。老卓闻说杀了张三，又见血淋淋一颗人心，不觉惊吓起来，取出五十银圆，教保山快到别处去暂避几时，此间人多，必定破案。保山倒也无可无不可，当下带了资斧，只身而行，直到西麻镇上，与盛春山、蔡标相遇。那盛春山的身世，更与二人不同。春山五岁即丧父母，赖他舅父抚养长大。从小便有大志，天资聪慧，记忆广博。年方十六，得游泮水，从此负笈远方，孜孜求学。满想春风得意，一举成名，无奈命运不济，屡试不售。真所谓"青灯黄卷，辛苦年年，玉带紫袍，前程渺渺"。因之灯前酒后，不免黯然自伤，渐渐地牢骚郁勃，决意进取，专一交结江湖好汉，绿林强盗、盐枭私贩，他都降心与之往来。人家只当他习于下流，谁得知他别有怀抱呢。他舅见他如此行为，时常规诫，春山只是不改。隔了几年，舅父死了，他便一发放浪形骸，挥金如土，广结宾朋，三教九流，咸出门下。这天，本欲到东海访友。路过西麻，无意中遇着二人交手，不觉心中一动，遂即上前排解。

话说当时三人在酒楼上高谈阔论，甚是投合。蔡标道："兄弟不知轻重，拟请两位大哥屈留此地，以便朝夕领教。"盛春山笑道："鄙薄之夫，承蒙不弃，但是现欲前往东海访一好友，待等归来同聚大义。保山兄弟既然并无一定去处，正好与蔡大哥等联为一气，权作私商。待我访了友人，再有计较。"保山闻说，应允入伙，蔡标大喜。三人又喝了几杯酒，尽欢而散。

次日，蔡标、孙琪和一班兄弟特备盛筵，饯送盛春山，兼贺保山入伙。筵席既罢，盛春山告辞起身，众人送了三里方回。蔡标、孙琪便替保山端整海船十艘，听凭保山调用，说明这次开差，所有利益保山一人独享，船上出力帮徒任意给赏。保山检点船只，率领兄弟，预备出发，蔡标等燃放鞭炮送行，祝颂大发利市。保山别了众人，扬帆开船。那十只海船共有一百五十帮徒，都是开过几次差事，熟悉海道。到了徐海一带产盐之地，就在江中停泊。保山先叫一人登岸，探听虚实，与缉私官兵通个风声。原来那时官兵也都入帮，所以贩私盐的帮徒一发胆壮。至于官兵入帮，也有原因。他们缉捕私盐，本是职分内事，但是私商充斥，势力雄厚，盐船之中都有枪弹，一经官兵到来，狠命拒捕，鏖杀起来不顾生命，官兵非但缉不着私盐，反而大败一阵甚至丧了性命。倒不如与私商联络起来，可以安安稳稳分润一些利益。若然逢着为难之时，私商也顾情分，奉送一二船私盐与他，使他可以回报上官。这种掩耳盗铃之事，使得官兵、私商感情日厚，自然大家同入一帮了。话休烦絮，却说保山派人上岸布置妥帖后，命令各船衔尾而进。那时缉私兵船早已开到别处去暂避了。保山便与当地晒盐主户论定价格，银货两交，连夜装运出口。保山便在船中与众议道："现在盐已办到，却运到何处销售?"众道："大约每一盐船销售一处，现有十船，应该分至十处推销。若然聚集一处，一则容易惹人注目，二则百姓也用不着如许咸料。"保山点首称是，叫各船自去见机行事，售完了盐，仍在此处会合，不得有误。各船帮徒奉命去了。他们自有售盐熟路，将来贩盐完毕，会合原处，不再细表。

却说保山自率一船向崇明进发，将近到了。泊在南通县界，先叫帮徒三人登岸，与崇明县内缉私头目接洽，说道："我们兄弟现有一船私货，欲至贵县销售，定于明天晚上从东港而进，届时千万请你帮忙。"说罢，袖出白银百两，纳在头目怀里道："区区礼物，聊表我们孝敬之意。"那缉私头目得了赃银，点头应允。到了次日晚上，便将东港巡船一气开往别处。保山盐船立即扬帆而进，泊近市镇。镇上居民看盐船已到，喜气洋洋，互相传言道："私盐来了，快去买罢。"原来凡是私盐，总比官盐价廉，所以人民格外欢迎。不消片刻，保山满船私盐脱售一空。当夜开船，与各船会合。那时各船也都到了，保山便即率领全体船只开回西麻镇。盛春山已经先到，当与蔡、孙等一班兄弟杀猪宰羊迎贺保山。又是一番热闹，不必多说。

闲谈之间，盛春山乘兴说道："现在洪帮兄弟江湖上到处皆有，只是散漫不堪，毫无统属。假使听其自然，不加整顿，更历一二十年，恐怕'洪帮'二字就要消灭了。我想择定吉日良辰，开辟山头，邀请各处兄弟来襄盛会，那时重订帮规，再整旗鼓，不知众位意下如何?"保山首先赞成道："盛大哥之言，正合我意。若能办到，便是好汉们扬眉吐气的日子。"蔡标、孙琪自然也各欢喜，希望早早实现。盛春山见得众意皆同，便即着手进行。只因这一番有分，教众好汉：

口吞四海三江水，手执千年长寿香。

欲知后事如何，且听下回分解。

第十七回

举头领公推盛春山
说鼻祖溯源少林寺

话说盛春山拟欲重订帮规，再整旗鼓，保山等个个赞成。当下散了酒席，春山便去拣定日期，修了一道檄文，叫保山等分派帮徒，到各处邀请同志，前来会合，共议大事。那檄文道：

盖闻世道衰微，正英雄建业之秋；官吏昏庸，乃豪杰立功之日。溯我洪帮兄弟，义声彰于东西，威名震于南北。或踞山冈以称雄，或据海疆而独霸。义旗所指，官兵望风而先扬；威力所加，百姓壶浆以迎迓。固天下之盛事，千古之美谈也。慨自双龙山瓦解以来，众兄弟流落异处，各自为谋，不相联络。盛春山、陈保山、孙琪、蔡标等，恐洪帮之不振，正义之不伸，爰定本年三月上巳良辰，谨于小海地界开辟山头，重订帮规，再整旗鼓。恭请四方义士，天下英雄，相将莅止，共襄盛举。庶几豪杰同心，雷雨拟经纶之盛；英雄合志，光辉如璧月之圆。特此驰闻，鹄候大驾。

这道檄文传了开去，果然四方草莽英雄、绿林豪客都有回信到来，表明欢欣之意，准期齐集小海，同聚大义。盛春山等自是欢喜，先期来到小海，布置一切，以备招待好汉。

看官，这小海地方本是一个市集，山东、直隶交界所在，地临东海，交通便利，盐枭帮匪聚集其间，地方官禁止不得。原来这小海形势，四面环水，蜿蜒曲折，港湾纷歧，官兵不能前进，所以江洋大盗安然盘踞其中，简直似梁山泊的蓼儿洼、宛子城一般稳固。其中英雄好汉都与盛春山往来，春山前次访友，便是来到这里。

话说春山等既到小海，吩咐兄弟们扎下几个极大彩棚，中间共可容得一二百桌酒席。不多几天，彩棚扎好，台凳椅桌布置完善。看看三月已届，各处好汉陆续到来，就是没有接着春山等檄文的，闻知消息也都赶到，跻跻跄跄齐集小海，说不尽的人山人海，繁华热闹，人数足有四五千人以外。到了上巳那日午牌时分，盛春山、陈保山、蔡标、孙琪和各地水陆好汉，衣服鲜明，大家雄赳赳气昂昂，一齐走进彩棚，分位坐定。粗细乐器齐鸣，大小筵席俱备。酒过三巡，春山捧出神位一个，供在中央，对众说道："这是我们洪帮始祖殷洪盛的神位，众兄弟理应参拜。"众人虽在洪帮，本不知始祖果是甚人，今见春山捧出始祖神位，自然个个起立。春山便引着众人，齐向神位拜了九拜。礼毕，大众归坐。

盛春山发言道："众位兄弟听着，近来，四路英雄、各家寨主屡因不知联络，彼此自相残杀，兄弟特发宏愿，重振洪帮。众位仁兄须知，我们洪帮成立，尚在康熙年间，始祖殷洪盛，是甘肃省太平府大平县按香村乌龙江上一个富豪。当时草寇作乱，难以平定，康熙皇帝出榜招贤。山东少林寺内有一百二十八个大力和尚，殷洪盛率领和尚揭了榜文，平定草寇，得胜还朝，官封总兵。谁知奸臣王春美顿起歹心，出班奏道：'少林寺僧英雄无敌，若然变起心来，我主江山恐将不保。'皇帝听信其言，火烧少林寺，可怜一百二十八个僧人，只剩十几个逃得性命。那时始祖殷洪盛已回甘肃，得了此信，誓灭满清鞑子、汉族奸臣，结为一帮，名曰'鸿帮'。内中有个和尚万云龙，年纪最长，众人推为大哥，招集天下好汉。这是鸿帮成立的原始。后来钱保、张岳约同潘安、翁麟瑞等，结为'青帮'。再后来林钧改为'洪帮'。现在青、洪两帮，江湖上一样发达。兄弟拟将'洪帮'

的‘洪’字改为‘红’字，取大家赤心相待之义。”众人听到这里，拍手欢呼。春山又道：“我们取个山名，叫作‘春保山’；取个堂名，叫作‘正义堂’。”众人又是欢呼赞好。春山又道：“现在帮名、山名、堂名都已定好，便当推定山主，点作龙头，恭行开山仪式。”众人便推春山为正头龙，春山也不辞让，就了龙头之位，说道：“兄弟既承众位好汉推为山主，一切帮规仪节，始祖都有一定，后来相传错误，兄弟便当依据始祖规则，一一改定。”众人同声赞好。

春山道：“始祖制度，有内八堂大爷，外八堂大爷之分。”

内八堂大爷：

正龙头　就是山主，或称总正龙头大爷。

副龙头　就是副山主，或称副龙头大爷。

坐堂　或称坐堂左相大爷。

盟证　或称盟证中堂大爷。

陪堂　或称陪堂右相大爷。

理堂　或称理堂东阁大爷。

刑堂　或称刑堂西阁大爷。

执堂　或称执堂尚书大爷。

香长　香长与盟证大爷平时虚悬，举行开山仪式之际，临时增添。

外八堂大爷：

心腹　或称京内军师，亦称老二。

圣贤　或称京外军师，亦称老二。

当家　或称京外总督粮饷，或称行帖三江总理粮饷军机，或称坐帖总理营务处，或称老三，或称当家三爷。

红旗　或称红旗督营粮台，或称蓝旗传报山堂，或称黑旗伺候山堂，又称老五，又称管事五爷。

光口　或称老六，又称光口六爷。

巡风　或称巡风查哨，或称老八，又称巡风八爷。

大满　或称大满九爷。

幺满　或称幺满大爷，或称老幺。

“内八堂大爷，正龙头为主，统辖全权。其余为辅，助理全山内务。外八堂大爷，心腹、圣贤为长，兼任正龙头的军师。次为老三，有金旗老三、银銮老三之别。金旗老三，专管粮饷银钱出纳等事。银銮老三，专管入帮发布用印等事。次为老五，统管内外一切事务。次为老六，专司通风报信，为全帮耳目，故名光口。次为老八，严防敌兵奸细，保护山头。次为老九，新入帮的都是，专做文武差事，听候调遣，立了功劳，再有升任。至于幺满大爷，须是历著功勋之人，或是因公受伤，已成残废，才得享受此位，终身坐食，不再做事，好比官员退老林泉，只吃恩俸。”那时众人得见红帮编制完善，不觉同声叫好。

春山又道：“列位听者：今日开山，始祖先有镇山令一道。那令道：

山遥遥，水遥遥，两座明山搭座桥。位台兄弟来到此，八洞神仙把扇摇。选择黄道吉日，齐进山头点人。人人要到，个个要来。上四牌哥子不到，红旗去吊。下四牌子不到，红旗速吊。吊进山堂，罚银五两做粮台。幺满两牌不到，黑旗去吊。吊进山堂，四十红棍不饶。”

春山读罢镇山令，说道：“这是对于已经进帮的兄弟命令。以后有事召集，兄弟不到，都有此令。始祖尚有接客安位总诗道：

山东才子山西来，鸟为食来人为财。蝴蝶只为采花死，赵老只为灯光来。管他登台不登台，位台仁兄且落台。山东山西，河南陕西，广东广西，福建江西，云贵两省，四川五灞，五湖四海三码头，四镇五岳，水关二口，上河下河，金厂银厂，四十八厂，儒释道九流三教，回汉两教，僧道两教，金皮吏册。四大江湖，火雀跃门，才马利骑，四大豪杰。文官有法堂，武官有教场，咱们兄弟有公忠正义堂。正义堂上有三十六把金交椅、七十二条银板凳，龙归龙位，虎归虎位，有位归位，无位分排，幺满两排，看茶伺候。”

春山又道：“今日承蒙同帮兄弟、四海英雄齐齐来到，成此盛会，便当传令开山。始祖也有令道：

开山今日午时开，众家兄弟听开怀。旗到月宫齐挑起，正义堂前把话谈。九道安了生死路，哪个敢进咱香门？不是能人他莫进，不是知他他莫来。身家不清早早走，底子不足早回头。冒充光棍人人有，查了出来要人头。不是愚兄言语陡，今日传令不容情。上四排哥子犯了令，自己挖坑自己埋。下四排哥子犯了令，四十红棍定不饶。五堂大爷请升帐，我今把令望下传。”

春山令罢，说道：“什么叫作五堂？便是坐堂左相大爷、陪堂右相大爷、理堂东阁大爷、刑堂西阁大爷、执堂尚书大爷，合为五堂大爷。什么叫作身家不清？原来始祖定下规条，兄弟进帮叫作在玄，又叫进圈子。若然有人要进圈子，须有四个在帮兄弟保举，称这四个兄弟叫作成兄。新在玄的身家如何，成兄须要调查清楚，不许妄行保举。譬如剃头的人叫作扫青生，抬肩舆的叫作天平生，戏子叫作跳板生，都是行为卑贱、身家不清，一概不准进这圈子。现在众位兄弟都是英雄好汉，决无身家不清的人，但始祖定例不可不知。”说着，众人齐声应道：“大哥说得是。”那声音洪大，直似万雷齐鸣一般。正是：

四海英雄来聚会，三山豪杰得相逢。

欲知后事如何，且听下回分解。

第十八回

威凛凛沥血祭神
闹哄哄散票捣鬼

话说当时众多好汉听了春山之言，齐声称是。春山又道：“开山令后，始祖又有三纲令。那令道：

山冈大令展摇摇，威风凛凛四海飘。位台兄弟来到此，听我兄弟说根苗。君为臣纲，父为子纲，夫为妻纲，是为三纲。西岐出了一贤臣，保定纣王锦乾坤；纣王不识贤臣体，保定周朝掌座八百春。这是君为臣纲。临潼斗宝是伍员，平王倒杀他满门；吴国借兵把仇报，后来幼主坐龙廷。这是父为子纲。东吴贤德女裙钗，配合刘备是帝王；孙权空用美人计，夫妻和合一同归。这是夫为妻纲。”

三纲令罢，便当祭旗。春山传令竖起一面大旗，那旗早已备就。旗上绣着“正义同归”四个大字，黑字白底，颜色清白。大旗竖好，春山便传祭旗令道：

一祭东方甲乙木，好比桃园兄弟们。三人同心来结义，犹如同胞一母生。二祭南方丙丁火，三十九人同一伙。结拜兄弟上瓦冈，后来三八保唐王，急得雄信舍身亡。三祭西方庚辛金，胜如梁山兄弟们。一百单八结仁义，万古千秋远传名。四祭北方壬癸水，昔日匡胤未得志。酒后有德结兄弟，同心协力定邦家。地久与天长。

春山传罢祭旗令，陈保山出座道："始祖定制，白旗祭罢，再祭红旗。"说着，手拈红旗在手，朗诵祭红旗令道：

红旗展展进香堂，众家兄弟听端详。今日龙山开大会，手拈金旗进香堂。龙头大爷要我把旗祭，我将此旗说根苗。若问此旗何人造？轩辕传造此红旗。大哥传令香堂坐，惊动四海众豪强。人人都把香堂进，跪在圣前把香焚。今日结拜如手足，赛过同胞一母生。

保山祭罢红旗，退回原座。春山手捧香烛，对众说道："这几把香都有来历，始祖说得明白。听我道来：

头把香，在周朝，羊角哀、左伯桃，二人结成生死交。角哀受爵于秦国，旌请义表祭伯桃。塔边葬有恶王墓，角哀自缢报故交。生死之交真难得，名驰天下万古标。

二把香，在汉朝，桃园义气高。乌牛白马祭天地，剿灭黄巾功劳标。关公千里保皇嫂，张爷叫断灞陵桥，曹瞒闻声吓破胆，子龙长坂坡前杀声高。后保大哥坐守西川地，卧龙先生平不毛，果是英雄第一高。

水泊梁山三把香，有行有义是宋江。高俅奸贼弄朝纲，因此聚集在山冈，高扯'替天行道'旗一面，一百八将等招安。乃是天上诸神降，天罡地煞结拜香。

此香不是香，兄弟结拜上瓦冈。混世魔王三年座，气数皆终各一方。众位兄弟投唐王，唯有雄信保刘王。唐王已把刘王灭，雄信舍死不降唐。七擒七劝心坚硬，又有罗成乱箭亡。只说瓦冈威风大，天下扬名半把香。"

春山道："这个叫作三把半香，始祖定下制度，后人焚香祭告天地，都该诵此。还有酒赞，喝酒时所用；茶赞，喝茶时所用；刀赞，开刀时所用；宝赞，兄弟解送宝簿所用。待我一一道来。"

酒赞一

此酒非凡酒，玉皇赐我寿仙酒。一杯酒，敬上天，天长地久。二杯酒，敬下地，地久天长。三杯酒，敬圣贤，心同日月。后来各霸一方，开山立堂，招集天下英雄豪杰，劫富济贫。

酒赞二

此酒非凡酒，玉皇赐我寿仙酒。一杯酒，敬上天，天长地久。二杯酒，敬下地，地久天长。三杯酒，敬圣贤，心同日月。四杯酒，敬拜兄，仁同义，义同仁，仁心同，和合称英雄。五杯酒，敬当家，大叫一声断灞桥，官封威镇五虎将，保定大哥坐西川。六杯酒，敬管事，调度胜定伯约姜将军，忠孝在身。七八九杯酒，敬家兄，满堂和气，结义同心。幺满敬双杯，为有劳功苦功。余酒与客来敬奉。

奉敬清茶赞

此茶却是非凡茶，皇母娘娘赐来茶。兄弟得人来敬奉，转敬大哥掌帅印。

答辞

迎来迎去一朵花，五方人马不怕他。紫云台上多义气，三七廿一共一家。

刀赞

此刀却是非凡刀，老君炉内炼宝刀。炼了七七四十九天，炼成三把刀。一把刀，关公偃月刀；二把刀，杨戬救母刀；三把刀，赐与咱们兄弟，一不斩猪，二不斩羊，赐与兄弟斩凤凰。有仁有义刀下过，无仁无义刀下亡。

宝赞

东边一朵祥云起，西边一朵紫云开。祥云起，紫云开，乃是龙山开大会。大哥传令把堂坐，特命兄弟解宝来。此宝却是非凡宝，众家兄弟众家宝。用不了，吃不了，赛过当年秦叔宝。要学羊角哀、左伯桃，交好义气高。桃园与古交，请宝入库，金银满库，发富发贵，禄位高升，高升禄位。

春山诵罢赞词，又发言道：“现在时辰已到，陪堂蔡标速速传令关山。”蔡标即便出座传令道：

正义堂上把令传，位台兄弟听我言。龙头大爷把令下，要我兄弟把令传。山前山后紧紧闭，莫等马子进山来。若还不听我的令，山门之外问斩刑。盟证香长请进帐，快把将令望下传。

蔡标令罢，退回原座。春山便派几个兄弟，当了盟证香长管事等职，说道：“今已深闭山门，迟到的兄弟不准入内。就我们众兄弟中，有已进红帮的，未进红帮的。不管已进未进，都该行过进帮仪节，发换春保山正义堂票布为证。那进帮仪节究竟怎样，兄弟当叫知道的人做个榜样。”说着，便令红旗安位。陈保山得令，拈着红旗，就中间坐，盟证香长管事，分坐两边。保山宣告红旗安位令道：

天皇皇，地皇皇，此处立的正义堂。上面坐的刘皇叔，下面坐的关云长，左边坐的张千岁，右边坐的赵将军。关平、周仓提刀现，站立两旁不离身。坐堂大爷当头坐，陪堂盟证在两边。礼堂执堂坐二位，位台明兄入三堂。少坐一时大哥把令下，提兵调将正义堂。

令罢，便有四个兄弟作为引见，引进一人，作为新入帮的，跪在神前。管事上前问那新入帮的道：“你来做什么事？”那人道：“来归洪门。”管事道：“你来归洪，何人引进？”那人道：“保举人某某。”管事听了，回头问四个兄弟道：“此人是你们引进的么？”四人齐声道：“正是我们引进。”管事道：“此人身家是否清白，你知道没有？”四人道：“我们调查详细，此人身家清白，故敢保举。”管事问毕，点了点头，又问那人道：“你入洪门，知道礼数没有？”那人道：“全仗戒摩。”管事道：“你何故进帮？”那人道：“为忠为义。”管事道：“你若进了红帮，被满清鞑子知道了要杀，你若犯了帮规也要杀，你情愿么？”那人道：“事机不密，被鞑子得知，那是一身做事一身当，决不连累兄弟。若然犯了洪门条款，愿受三刀五斧，决无后悔。”管事道：“恁地时却好，你可行个抖海式。”那人便对神誓道：

“我既归洪，若有三心两意，或是勾通马勾，或是私卖梁山，日后甘心死在剑刀之下。”管事等他誓毕，走到神位左侧，右手执着利刃，左手取了一只白色雄鸡，只一刀，鲜血淋漓，鸡头落地，说道：“发誓言者，有如此鸡。”然后叫那新入帮的立起身来，行抖腕式。那人便向众兄弟各行一礼。礼毕，管事便将那人姓名填在宝簿之上，交给成兄。成兄双手捧宝，口诵宝赞，然后转给那人。那人受宝，口中说道：“多谢大哥解宝。”说着，取出一百零八文，作为入帮之费，管事又将票布给他。那人更向众兄弟请安，彼此互相道喜，于是入帮仪节才算完备了。票布之下，写着帮规十条，赏罚十六条，帮规与双龙山相同。

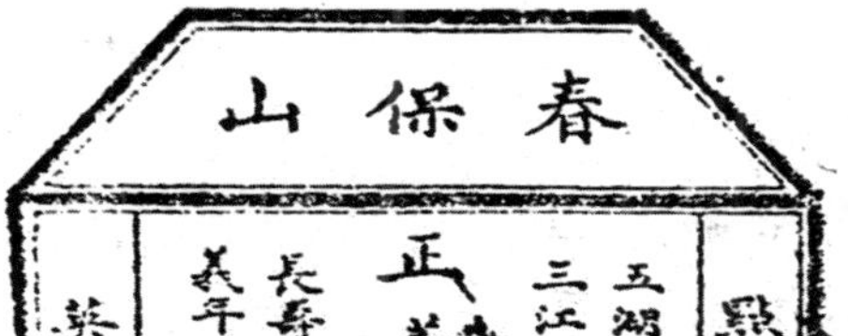

赏罚十六条：

泄露机密者斩。

忠心帮务者赏。

抗令不遵者斩。

拒敌官兵者赏。

临阵脱逃者斩。

出马最多者赏。

私通奸细者斩。

扩张帮势者赏。

引水带线者斩。

刺探敌情者赏。

吞没水头者斩。

领人最夥者赏。

欺侮同帮者斩。

奋勇争先者赏。

调戏同帮妇女者斩。

同心协力者赏。

话说春保山中既将入帮仪节演试一过。春山发言道：“这是始祖定下制度，后人不得更改。将来你们自辟山头，招集兄弟，也应照此仪节，不得稍事简略。”众人都道：“敬遵大哥吩咐。”春山又道：“今日在山兄弟共有五千，一一依照仪节，太觉麻烦。不如五千兄弟一同行礼，觉得省快。”众人一闻此言，欢声如雷。于是春山发令，红旗安位，保山仍旧拈了红旗，当中坐了。春山自做管事，蔡标、孙琪作为成兄，引进这五千兄弟入帮。当时人头拥挤，人声鼎沸，闹得乌飞鹊乱，只是捣鬼。等到解送宝簿，分发票布，一发闹得不成模样，几乎把个大彩棚挤倒。直闹到残日西沉，明月东上，还没有平静。那春山预备的宝簿、票布却发完了，有些没有拿到的，更是大闹起来。正是：

眼前虎面狼腰客，尽是翻江搅海人。

欲知后事如何，且听下回分解。

第十九回

走湖海八大爷受惊
劫法场三麻子脱险

话说春保山中行了开山大典，解进宝簿，分发票布，因为兄弟众多，不够分发，闹得乌飞鹊噪。春山发言禁阻道："兄弟们休得胡闹，现在时候不早，大家散场。如有未曾领着宝簿、票布的，明天前来领取。自今领取，盼望众兄弟休忘了桃园的义气，梁山的威风，患难相扶，富贵相同，不论尊卑长幼，一律如兄若弟。"春山说到这里，众人都便静了。春山又道："现有议戒十条，望各兄弟牢牢记着。

一、不准欺兄灭弟。

二、不准咒骂爷娘。

三、不准挑灯搏火。

四、不准以小压大。

五、不准瞒天过海。

六、不准扰油别汤。

七、不准不仁不义。

八、不准抽红采蘸。

九、不准先路争先。

十、不准坐席要让。"

春山说罢，吩咐明日午时，众兄弟依旧一律聚会，为欲补发票布、宝簿，正式推派内外八堂大爷，休得噉应一声。春山又叫五牌高升，开放山门，好让众位兄弟陆续散出。那时陈保山连忙出座，喝诵五牌高升令道：

喜高升，贺高升，恭喜众位大哥步步高升。纱帽加元，八景靴子踏金。金字单，银字单，日后龙山开大会。又将哥子加高升，三级连升，连升三级。

高升令毕，众好汉一阵呼啸。就这呼啸声中，都似鸟兽散。当夜无话，各自歇息。

次日午刻，大众仍集彩棚。龙归龙位，虎归虎位，各各分坐已定。但见中间放着十六把交椅，盛春山缓步而出，就第一把交椅坐了，吩咐补发了票布、宝簿，然后发令道："昨今两日大会，风虎云龙，千古盛事，便该推派内外八堂大爷，职司帮务，整顿山头。我今拟定蔡标为副龙头大爷，王通为坐堂左相大爷，江雄为陪堂右相大爷，范声为盟证中堂大爷，孙阶为理堂东阁大爷，陈保山为刑堂西阁大爷，徐桢为执堂尚书大爷。以上七位大爷，合正龙头共为内八堂大爷。孙瑶为京内心腹军师，孙琪为圣贤京外军师，高发为当家京外总督粮台，陈保山兼任红旗京内总督粮台，周策为巡风查哨，俞四为光口大爷。其余兄弟，都是大满。幺满暂缺，有功升补。共为外八堂大爷。这几位内外八堂大爷，都是四海三江好汉，三山五岳能人，不知众位兄弟有何意见？"春山说罢，众人齐声叫好，并无半点异言。春山大喜，吩咐端整酒筵，与众人大啖一顿而散。自此春保山正义堂名字，江湖上的人无一不知，无一不晓。进了红帮，便算好汉，因之帮势繁盛，一日千里，不必细表。

却说一天，盛春山招孙琪议事，说道："你是外八堂大爷之首，理应下山立功，招集四方英雄同聚大义。今有公事一角在此，速速带领弟兄数人下山行事。"孙琪领命，背了公事下山。逢州过府，一路无话。忽一日行至太湖边境一座县城。进得城来在县衙前观看，但见万头挤动，人声嘈杂，心知必有事故，探问旁人，说是数日之前，来县拿获江洋大盗三名，现在坐堂审问。孙琪闻讯吃了一惊，问道：“这江洋大盗叫作什么名字？”旁人道：“只知一个叫作顾三麻子，其余两个却没有知道。”孙琪听了，颇露焦灼不耐之色。旁人不以为异，只做公差的如何眼明手快，又在县衙之前，公人进出甚多，瞥见孙琪形迹可疑，早已注意，及见探问旁人，面色不正，一发疑心，暗地去报告捕头，前来逮捕。

却说孙琪正在县前踌躇，冷不防背后来了一人，向他肩上猛地一拍喝道：“本来要想寻你，你却送上门来，省得老爷少走一趟，也算知趣。”孙琪见事不妙，欲待走时，已被三四个做公的一拥上前，拿出铁链，向他头颈里一套，拉了便走。走过十家门面，到一个乌烟铺里，做公的叫孙琪坐在一边，听候捕头到来发落。说着将铁链锁在台脚之上，然后横身榻上，只管吸烟。孙琪自肚里寻思：“他们不便把我送进衙门，却拉到我这里，莫非要我好处？待我多出几两银子，得能脱身，再作道理。姑且把言语来挑拨挑拨看。”正欲开言，只见一个做公的已烧好一个烟泡，躺在榻上，口中唱道：

周郎设计用火攻，孔明台上借东风。子龙惯使长枪计，关公得令见华容。兄弟非是见识浅，如何阳关路不通？

孙琪一听大喜，连忙回答道：

兄弟相逢在此中，双手接过一条龙。子龙使长枪，使开大路破曹兵。

孙琪说罢，众公人大惊，丢开烟枪，坐了起来，一个问孙琪道：“敢问老哥贵姓？”孙琪道：“不敢，兄弟姓孙名琪。”公人道：“老哥由哪一条码头开来？”孙琪道：“旱路也来，水路也来。”公人道：“老哥统率哪一路山头？”孙琪道：“兄弟虚占春保山。”公人道：“敢问孙老大，叙坐在哪一堂？”孙琪道：“兄弟虚坐在正义堂。”公人道：“敢问老大呷哪一路水？”

孙琪道：“兄弟呷的五湖四海三江水。”公人道：“烧哪一炉香？”孙琪道：“烧的万年千载长寿香。”公人道：“敢问老大，现坐哪一把交椅？”孙琪道：“兄弟承蒙众多兄弟抬举，现为圣贤京外军师坐的外八堂第一把交椅。因奉盛春山哥哥之命，背领公事下山，招集天下好汉。”说着，便将所背公事交与公人观看。公人接到手里，但见先是一面绫罗做的黄色令旗，那式样如下。

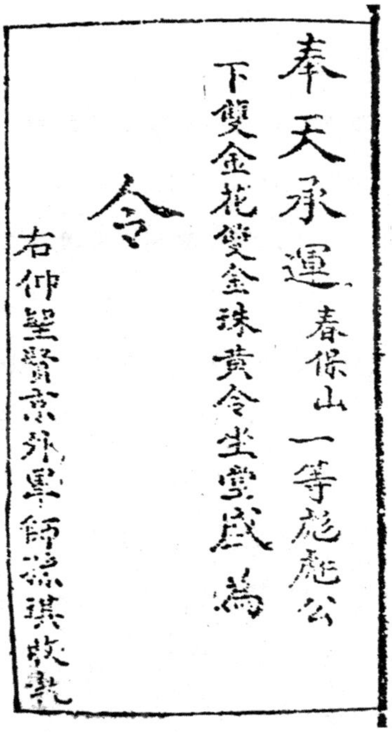
奉天承運 春保山一等彪彪公
下雙金花雙金珠黄令坐堂盛 為
令
右仰聖賢京外軍師孫琪收執

再看他那公事，那是一张姜黄纸儿，上面写着道：

春保山主盛为通告事：照得本山主求贤若渴，广纳雄豪，特饬外八堂大爷孙琪，背领公事下山，招罗豪杰。如有八方同道、四海英雄愿隶本山者，即可随同圣贤大爷带领前来，或即坐驻原地，遥相策应。仰诸同道一心一德，建立奇勋，本山主有厚望焉。此饬。

公人看罢，慌忙开了孙琪铁链，行了一个抖腕式，说道：“原来是八大爷，兄弟不知高低，多多冒犯，万望饶恕则个。”孙琪道：“好说好说。”遂又问道：“只你们如何也进洪门？方才问我现在哪一个山头，天下只有一个春保山，难道还有别个山头不成？”公人道：“哥哥有所不知。现在浙江省何步鸿哥哥统领的终南山十分发达，也有二三千兄弟聚在一气。现在招兵买马，端整造反。”孙琪瞿然惊道：“当真不成？”公人道：“当真，谁来说谎？有诗一首，有句一联为证。”孙琪道：“诵来我听。”公人便诵那诗联道：

诗：

会集终南山，同登万寿堂。同心灭清水，协力复明香。

联：

协力复汨，聚集九州豪杰；同心灭洕，恢回万里江山。

孙琪听了诗联，犹自不信，问道：“你们既进洪门，可有票布？”公人道：“有。”一人便向怀中取出票布，给孙琪看。孙琪看了票布，方才相信。

看官，原来这终南山正龙头何步鸿早进洪帮，手中已有兄弟不少。等到盛春山开辟山头，他也到会，得了宝簿，径回终南山，仿照春保山上仪节，重开山头，发给票布，传授宝簿。那吸鸦片烟时两段小令，簿中也有，所以公人唱令，孙琪回答，便大家知道是洪门兄弟了。这何步鸿抱着扫清复明的念头，票布上的“洕”字，便是“清”字变形；票布上的“汨”字，便是“明”字变形。

话休烦絮，却说孙琪既知四个公人都是自家兄弟，便问姓名。那四个叫作张龙、赵虎、王三、李四，方才唱吸烟令的，就是张龙。当下张龙等便请孙琪同吸鸦片，孙琪也不推辞，把公事令旗收执好了，躺到榻上，抽吸乌烟。张龙道：“大哥背领公事下山，不知立了多少功劳？”孙琪道：“自春保山一径到此，便遇着你们兄弟，却被铁链锁了一回，发个利市。”说得众人都笑起来。张龙道：“太湖里头有个好汉，名叫蒋六子，英雄无

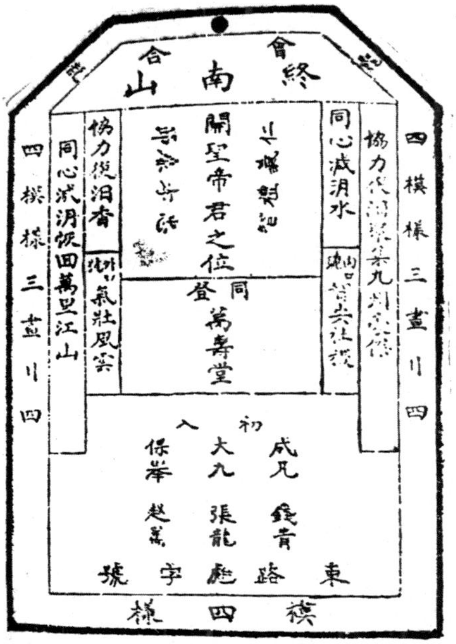

敌，与我们兄弟交好，有心归洪，未得其便。只今兄弟便写一信，交给哥哥带去，说他投入春保山，不知哥哥意下如何?”孙琪道：“大哥肯帮兄弟的忙，再好没有。只我明天便行。”张龙道：“恁地时最好。这里做公的耳目众多，惹出事来很不稳当。不是兄弟不留哥哥，但今天略备酒菜，要请哥哥赏光。”说着，大家立了起来，走出烟铺。赵龙回头对铺主人道：“鸦片烟钱隔几天却来还你。”这话尚没说完，但见街坊上三三两两的百姓互相传述道：“前天本县捕得的顾三麻子等三个强人，现被江洋大盗伙劫去了。”张龙、赵虎等听知消息，叫声不妙，不顾孙琪，一直奔到衙门里去。正是：

登山涉水招同志，吐雾吞云认弟兄。

欲知后事如何，且听下回分解。

第二十回

投客店隔室听隐语
拜码头当面说来由

话说张龙、赵虎等闻知大盗被劫，口呼不妙，径奔县里去了，只剩孙琪一人立在烟铺门前东张西望，忽然心中一想："我今立在此间，易启人疑，不如让我走罢。"想定主意，拔步便走。出了城门，在小市镇上一个客寓内安歇。吃过酒饭，躺在床上开灯吸烟，忽听间壁房内两个汉子谈话。那两个房间只隔了一层板，谈话声音听得清清楚楚。只听得一个道："三爷被摘，坐了三天书房（牢狱）。今天在威武窑子（衙门）里闲话，吾们兄弟便去请他回山，丝毫没有费力。"一个道："何不顺手采荷（抢劫）？带些饼子（银圆）回来，让兄弟们开开花。"一个道："我们三十个兄弟，大家带的片子（刀），没有预备喷筒（火枪），恐怕蛤蜢（官兵）前来，难以抵扑。若然失风，也要去坐书房了。"一个笑着说道："坐书房倒也写意，只怕还要请你望城圈（杀头）哩。"一个道："休得胡说。我们何不到跳窑（妓院）里去寻寻快活？"孙琪听了他们几句谈话，便知也是一个路道，听到这里，再也忍不住，用熏杆子轻轻地打了三记板壁，说道："兄弟，莫到跳窑里去，来这里熏受（抽大烟）。"那边二个果然走了过来，一见孙琪，不相认识，呆了一呆。孙琪叫他们坐了，大家盘问了几句强盗切口，那二个才知孙琪果是自家人，一同躺下吸烟，问了孙琪姓名，然后自己通名，一个叫作张飞，一个叫作赵云。孙琪听了笑道：“两位兄弟名字取得真好，但是古时的张飞、赵云扶助刘备，你们的刘备，现在哪里？”张飞道：“我们的刘备便是蒋六子，现在太湖里行道。”孙琪听了，喜道：“我正要想去寻他，得遇你们两位，烦为引见。”赵云道：“大哥欲见我们六爷，有何事故？”孙琪道：“我奉盛春山哥哥之命，背领公事下山，招集四方英雄同入洪门，共聚大义。”张飞、赵云都大喜道：“原来哥哥是洪门中的好汉，欲请我们六爷上山，可否挈带我们一同去？我们六爷常常说道，要做江湖上好汉，怎可不进洪门？只因没有前辈保举，所以迁延至今。大哥若然前去，六爷一定欢喜。”孙琪道：“六爷现在何处？”张飞道：“远在天边，近在眼前。”孙琪道：“怎的说？”张飞道：“此地叫作东流镇，镇上有两个客寓。一个叫招商客寓，是顾三爷所开，只此便是；一个叫安商客寓，是蒋六爷所开，在东市梢，去此不远。今天蒋六爷率领我们到县里去劫出顾三爷，现今都住在安商客寓之内。”孙琪道：“这个顾三爷，莫非叫作顾三麻子？”赵云道：“正是，顾三爷、蒋六爷是把兄弟。”孙琪道：“蒋六爷与县里公人张龙、赵虎认识，顾三爷被捉，何以不叫张龙、赵虎设法，却自去劫狱？”张飞道：“大哥，这便是不进洪门不好。那张龙、赵虎因为顾三爷不进洪门，所以不肯出力。”孙琪道：“原来如此。我想今夜便去拜见顾、蒋二人，你们肯同我去么？”张飞、赵云都道：“愿去愿去。”说着，便即起身。孙琪也即丢了烟枪，拽上房门，走出客寓，随着二人，一径到东市梢安商客寓之内，果然得见顾、蒋二人。晤谈之下，甚是投合，当下顾、蒋、张、赵都进了帮，一宿无话，次日孙琪便引四人回山，见过盛春山、陈保山和众位好汉，不在话下。

再说孙琪将何步鸿大兴终南山的话告知春山，春山道：“既然如此，仍要烦你走一遭，拜他码头，联络情分，将来好一同起义。”孙琪应命，仍复出山。不一日，到了浙江绍兴府。看官，原来这何步鸿的终南山便设在绍兴府中，并非真有此山，不过虚立山名，与春保山一般办法。那日孙琪探知何步鸿所在，便去拜访。见得这何步鸿三十余岁，身材高大，相貌堂堂，仪表非俗。孙琪便向他行了一个抖腕式，然后立着诵那宝簿中的拜码头令辞道：

我兄弟来得鲁莽，望你哥哥高抬一膀。我闻你哥哥有仁有义，有能有志，在此拈旗挂旆，招聚天下英雄豪杰，栽下桃李树，结下万年红，特来与你哥哥随班护卫。初到贵地宝码头，理当先用草字单片，到你哥哥龙虎宝帐请安投到，禀安挂号。兄弟交结不到，礼义不周，子评（路）不熟，钳子（口）不快，衣帽不正，过门不清，长腿不到，短腿不齐，跑腿不称，所有金堂银堂，卫是门堂，上四排哥子、下四排兄弟、上下满园兄弟，兄弟请安不到，拜会不周，伏称哥子金阶银阶，金副银副，与我兄弟出个满堂上副。

这拜码头令辞是很尊敬的礼数，孙琪因为何步鸿是终南山的正龙头，所以如此郑重。那何步鸿听他诵到这里，答道：

不知你哥哥到此来，未曾收拾少安排，未曾接驾休见怪。你哥哥仁义胜过刘皇叔，威风胜过瓦岗寨，交结胜过及时雨，讲经上过批法台，好比千年开花万年结果老贤才，满园桃花共树开。早知道你哥哥驾到，应当三十里铺毡，四十里接你，五里排茶亭，十里摆香案，派三十六大满，七十二小满，摆队迎接你哥哥，才是我兄弟的道理。

孙琪答道："好说好说。"何步鸿又道："不知你哥哥旱路来，水路来？"孙琪道："兄弟旱路也来，水路也来。"何步鸿道："旱路有多少弯？水路有多少滩？"孙琪道："雾气腾腾不见弯，大水茫茫不见滩。"何步鸿道："请问有何为证？"孙琪道："有凭为证。"何步鸿道："拿凭过来。"孙琪道："大哥赐我一凭文，牢牢稳记在心中。各位哥哥要凭看，普通天下一般同。"何步鸿道："别有什么诗句？"孙琪道："有诗一首。"何步鸿道：

“何诗？”孙琪道：“领凭领凭。‘八月中秋桂花开，会合天下众英才。咱们兄弟蟠桃会，六部公议挂金牌。’得罪得罪。”何步鸿道：“三天不问名，四天不回信，请问你哥哥高姓大名。”孙琪道：“兄弟姓孙名琪。”何步鸿道：“请问你哥哥金山银山哪座名山？金堂银堂哪座名堂？三十六把金交椅，七十二道挂金牌，你哥哥高升哪一牌？不对式不成内，是你哥哥指式，我兄弟才好请你哥哥教弟。”孙琪道：“好说好说。兄弟有义兄、仁兄、恩兄、拜兄，喜劝提拔，放在八宝会中。多受老大哥栽培，少受老大哥夹磨（指点）。春保山蒙盛大哥栽培，圣贤京外军师。”

何步鸿听了，接着说道：“久闻哥哥大名，未见其人。今日一见，果不虚传。九岭十三坡，久闻老哥站得高，望得远，站得峨眉山，望得洞庭湖。高山打鼓名声大，海内栽花根本深。金盆栽花，有名之家。千层佛，万层佛，好比万层台上一尊佛。我兄弟多在家，少在外，三纲五常全不晓，五岳三山并不知，兄弟不知不识，望你哥哥指式夹磨。”孙琪答道：“东风西风，难比你哥哥的威风。砍柴遇的沉香木，挑水遇的海龙君。官到尚书吏到督，文官拜相武封侯。我兄弟交结不到，你哥哥海涵海涵。”何步鸿答道：“你哥哥上走广东广西，下走三江四码头，飘五湖，游四海，无处不到。兄弟走过的路，哪里及到哥哥过的桥多。你哥哥威震中华，名驰各国，兄弟特与你哥哥打起金字旗、银字旗、威风八卦旗、龙凤帅字旗，望你哥哥与我兄弟画个好字旗。”孙琪答道：“你哥哥金字旗、银字旗、威风八卦旗、龙凤帅字旗，兄弟难以打起一个好字旗。逢州打州，逢省打省，逢府打府，逢县打县，省省打到，处处打到，高高举起，轻轻放下。咱们兄弟打红不打黑，一个好字旗，我兄弟可以打得起。连香凯连香，都是梁山一炷香。不共山来也共堂，不共爷来也共娘。有福同享，有祸同当。只有金盆栽花，哪有梁山分家？只有一个梁山，哪有两个水浒？你老哥果有天才、地才、文武全才。三十六本天书，本本看到；七十二本地书，页页看清。

我兄弟三十六条全不晓，七十二款并不知。你哥哥威风过界，仁义过天，真正肚大量宽。老哥开龙山，设贵堂，龙兄虎弟，会合一堂。”

二人问答到这里，才将拜码头令辞念诵完毕。何步鸿便请孙琪坐了客位，问道：“大哥千里到此，有何贵干？”孙琪道：“日出东方一点红，秦琼打马过山东。胯下一匹黄骠马，五湖四海望仁兄。秦通六国访伊尹，文王渭水访太公，张良背剑访韩信，刘备关张访孔明。敬德曾把白袍访，孙权自出访周郎。天下英雄访英雄，地下豪杰访豪杰。唯有兄弟无处访，今日幸得遇仁兄。”这个叫作“出山访友令辞”。何步鸿听了，连忙作揖谢道：“承蒙哥哥厚爱，远道相访，不知有何见教？”孙琪道：“盛大哥闻得你哥哥招聚天下英雄，会合终南山，同登万寿堂，齐心灭满，协力复明，甚是爱慕，特嘱兄弟下山，来与哥哥贺喜。”何步鸿道：“敬谢盛意。兄弟虽然自立山头，一切仪节都照春保山式样。将来如有作为，仍该听候盛大哥调遣。”孙琪道：“如此最好。以后两个山头，应该时常通报消息，那就容易扩张声势了。”何步鸿很以为然。当晚盛筵相待，坚留孙琪，一连住了五日。孙琪推托事故告辞回山，何步鸿便写了一封问候的信，托交盛春山，孙琪才得告辞而别。

却说孙琪出得绍兴府城，一路行来，忽闻背后有人唤道：“孙大哥，如何来到这里？”孙琪回头一看，不觉大吃一惊，正是：

告辞头领归山去，背后何人唤姓名。

欲知那人是谁，孙琪何故吃惊，且听下回分解。

第二十一回

重友谊孙琪送银钱
依帮规李寅致封赠

说话孙琪出了绍兴府城，忽然背后有人叫唤，回头一看，不是别人，正是张龙、赵虎两个，衣衫褴褛，形如乞丐。孙琪不觉暗暗纳罕，慌忙问道：“两位兄弟，别后没多时候，怎样弄得这般地步？”张龙道：“说来话长，请到酒店里去细谈。”说着，便指出前面一爿小小酒店。

三人进得店门，坐定后，筛了酒，喝了几杯，张龙道：“如今，我们的差使已被知县老爷撤除了。原来那天我和哥哥走出烟铺子，听得大盗劫狱，我们就惊得慌，不顾哥哥，只管奔到衙里探问消息。得知大盗顾三麻子果被他的把兄弟蒋六子等一班好汉混进城门，当场劫夺去了。最可恨的，那蒋六子劫狱的时候，吩咐兄弟们高声叫道：‘我们江洋大盗，现有三五千人马到此，与此间公差张龙、赵虎等里应外合，只要劫出兄弟，不伤良民一个。’等到他们劫了同党，呼啸而去，知县老爷听了此言，顿时大怒，飞签传拿我们。恰巧我们奔进衙门，就听知县喝令钉镣收监。晚堂审问，我们辩道：‘这顾三麻子，便是我们去拿来，如何反与大盗勾串劫狱？这定是该盗挟嫌陷害，造下这种谰言，求大人明察。’那知县不问是非，将我们各打皮鞭一百，仍旧收监，等待申详上宪，再行发落。我们受冤不过，乘着黑夜，串通狱卒，一齐逃走。逃到这里，那狱卒先是客死了，只我们两人，要去求见何步鸿。奔走几天，没有探得他的去处，只在此间勾留。如今盘川用罄，只得在街头行乞，聊存性命。今日得见哥哥，真似乳孩遇着生身父母一般，喜出望外。”

孙琪听罢，不禁唏嘘了一会，说道：“蒋六子因为你们不肯援救顾三麻子，所以劫狱的时候造此谣言，谁知害得你们如此地步。现在你们无处安身，何不随我到春保山去共聚大义？”张龙、赵虎都道：“大哥肯收留我们，十分感激。但听得顾、蒋二人同在贵山，将来我们和他相见，必然不肯罢休，弄出笑话来，在哥哥面上须不好看。我们只求哥哥引去见了何步鸿，就在何大哥那边当个差使，那就感恩不尽了。哥哥若有差遣，我们自该出力，不敢偷懒。”孙琪道：“这也使得，兄弟定然引见你们。但是何步鸿举动诡秘，所做的事常不使春保山得知，这是我们最可虑的。你们若然到了终南山，能将他们一切行动时常报告我们，功劳不小。”张龙、赵虎各各应允。当下三人喝了几斤酒，吃了几碗菜，孙琪会了酒菜钱，又将五十两一锭银子赠给两人，一同出了店门，再进绍兴府城来见何步鸿，备说张龙、赵虎无处安身愿受差遣的话。何步鸿一则见张龙、赵虎是自己兄弟，二则又是孙琪引来，自然一诺无话。从此张龙、赵虎归入终南山中，时常把消息传达春保山里，不在话下。

却说孙琪荐引了张、赵，拜别了何步鸿，一路晓行夜宿，已到江苏省淮安府地界。夕照衔山，倦鸟归林，看看天色已晚，走进一个饭店，叫店家先打二斤酒来，独自喝着。忽见一个大汉，粗眉巨眼，直闯进来，拣着一个空座头坐了，抡起双拳，在桌子上似擂鼓一般的击着。店小二忙来问讯。那汉道：“只叫你们主人家出来说话，便知端的。你这厮只会低声下气。看你也不是好汉，如何懂得我的话说？”店小二不敢多言，诺诺连声，去招呼店主了。孙琪见他来得奇突，冷眼旁观，究竟是个什么路道。

却说隔不一会，里面店主出来，见了那汉，不敢怠慢，上前问道：“请问贵客高姓大名，叫唤小的，有何吩咐?”那汉道：“兄弟初到贵地，人情生疏，一时盘川用尽，特来向你哥哥借些盘川。我兄弟来得鲁莽，望你哥哥高抬一膀。”店主道：“请问贵客，蹯线子来，马来?”那汉道：“轿树上烟子足，驾风来。”店主道：“哥哥，卷子有多少重?”那汉道：“有二斤十三两五钱四分九厘三毫。”店主道：“如何这样重?”那汉道：“南北二京都走过，一十三省，省省高名。五都地界多热闹，四大码头有英雄。九流三教人知晓，义兄何必盘问根？提起九流领凭学见，一流主子，二流金，三流皮，四流医，五琴棋，六书画，七僧，八道，九袈仔。十道三教。”

那店主听到这里，便道：“哥哥既是一家人，便请先用几杯酒，有话再讲。”说着，请那汉坐定了，又叫店小二道：“快拿手巾来，给好汉洗面。”那店小二连忙拧上一把手巾，递给那汉，口里说道：“初三初四蛾眉月，十五十六团圆月。月亮团圆随天好，世上只有水为先。手捧白玉响叮当，仁兄命我破海中。亮开水浪光明现，四方八面放毫光。”那汉洗好了面，对那店小二道：“原来你也是洪家兄弟，方才错怪了你。”小二道声不敢，便自退了出去。这时店主人自去取了两壶好酒，几碟鱼肉，与那汉对饮起来。

这时却引动了旁座的孙琪，不由得立起身来，向二人作了一揖道：“两位哥哥请了。方才的话兄弟都已听得明白，不知两位哥哥统率哪一座山头?”那汉道：“兄弟虚占飞虎山，山主刘家福，令我背领公事下山，招集好汉入伙。这里店主人叫作王春发，同在一个山头，只因没有会过一面，所以相见之时说了几句口号。只兄弟姓李，表字道生，单名一个寅字。敢问哥哥高姓大名？既然前来问讯，必然也是洪门兄弟，不知统率哪一座名山?”当下孙琪便将姓名等项一一详细告了，店主人便请孙琪一同入席饮酒。孙琪也不辞让，只管坐下。

三人谈谈说说，无非是帮中文武差使的勾当。孙琪问道：“敢问贵山主刘家福几时开辟山头，如何我们春保山中没有知晓?”李寅道：“敝山开辟了不多几时，只在余杭一带招领好汉，一切办法都照春保山成例。现在浙江一省，刘家福、何步鸿对峙，所以兄弟众多，各州府、各码头都有自家兄弟。”孙琪听了不作一声，自肚里寻思道：“春保山成立不满一年，那浙江一省已经成立了两个分帮。若然春保山不思发展，只怕各处分帮的势力，反要比春保山来得浩大了。”孙琪心里虽如此想，却不说出来，但对李寅道：“今日哥哥既与兄弟相会，也是天缘凑合。兄弟便拟回山，欲请哥哥一同回见盛春山、陈保山两位，从此我们两个山头联为一气，岂非甚好，不知哥哥意下如何?”李寅道：“哥哥说得有理，兄弟愿随哥哥拜见贵山主。”孙琪大喜。那时店主人因见两个都是好汉，只管将出好酒好菜款待二人。等到天色昏黑，店小二掌上灯来，三人直饮到二更方散。当下孙琪、李寅都在店中宿夜，一宵无话。

到了次日，两人别了店主上道，一路夜宿晓行，无话可说。一天，已到春保山，孙琪先进正义堂报道：“现有飞虎山的外八堂大爷李寅，由兄弟引进山来拜见众位。”盛春山一闻此言，即便约集内外八堂大爷，齐齐走出正义堂，迎接李寅，邀入堂中，分宾主坐定。寒暄甫毕，香茗款待。李寅见众人如此诚意，便依红帮宝簿所载各种套语起立致辞，先对盛春山等内八堂大爷道：

久闻老大哥明月高照，义气万千，甚过当年关圣人。见不平，斩雄虎，蒙圣母，赐青泉，将容貌改换。在桃园拜结刘张兄弟，誓同生死。起义兵，破黄巾，其功不小。酒未冷，斩华雄，血染宝刀。过五关，斩六将，擂鼓三通斩蔡阳，义释奸曹，名扬万古，威震华夏，永立千秋。你哥哥仁义可比关公，兄弟将来学见领凭。兄弟交结不到，过门不清，钳子不快，礼义不周，烦你哥哥海涵。（按：此系红帮兄弟封赠内八堂大爷语。）

李寅说罢，又对高发道：

久闻老三哥威风世界，仁义过天。自古道，当家当家，管尽天下。掌理东仓西仓，怀抱一百零八。讲三纲，好比叔夜、叔夏；讲五常，可比伯达、伯适。你哥子果有天才，有地才，文武全才。文可提笔安天下，武可提刀定太平。真乃是五岳三山之豪杰，五湖四海之能人。上与五祖出力，下与兄弟分忧。我兄弟少读圣贤之书，不知周公之礼，兄弟礼义不周，少来随驾，望三哥海涵海涵。（按：此系红帮兄弟封赠当家语。）

李寅又对陈保山道：

久闻老五哥大名，如雷贯耳。红旗红半边，义气甚桃园。上与五祖出力，下与兄弟分忧。怀抱七星剑、杏黄旗，左手捧的七十二本天罡书，右手拿的三十六本地煞律，果然本本看到，页页看清。真是红袍大都督，海外天子，海内英雄。我兄弟不知不识，无能无智，交结不到，过门不清，烦望哥哥海涵海涵。（按：此系红帮兄弟封赠老五语。）

李寅又对周策等道：

素闻老六哥的大名，未见其人。今日得见，果然仁义双全。真是三山之豪杰，四海之能人。访三江，查六镇，俱已巡到；飘五湖，游四海，到处巡高。倘然冒称光棍，捆绑打送不容。兄弟特来与你哥哥打起金字旗、银字旗、威风八卦旗、龙凤帅字旗，全仗哥子与我兄弟出个好字旗。兄弟不周不全，不方不圆，烦望哥子海涵海涵。（按：此系红帮兄弟封赠老六语。）

李寅又对众位兄弟道：

久闻久闻真久闻，久闻你哥子好威风。久走江湖长在外，游遍天涯显奇能。三教九流皆知晓，五阴六阳分得清。猛虎蛟龙初出洞，自古英雄出在少年人。你哥子有能有志，有仁有义，三级连升，我兄弟再来请安道喜。（按：此系红帮兄弟封赠老九语。）

李寅又对一班年纪大的兄弟道：

久闻满大爷有仁有义，好似红光提火，月照满天。论机谋智谋广远，论武艺文武双全。有名秀才燕青之志，水旱码头多走过，高人贵客伴同游。真是三山九岭之豪杰，五湖四海之能人。常与拜兄背卷子，提携走东走西，说南说北。有功劳，有苦劳，功苦勤劳。恭喜你哥哥开过码头，换过镇市，俟盟堂大爷开金山，立银山，扯旗挂帅，栽培龙兄虎弟。我兄弟连保三本，连奏三奏，三级连升，连升三级，再来道喜。（按：此系红帮兄弟封赠满爷语。）

李寅又对一班年纪少的兄弟道：

侄贤台，侄贤台，你起来，不必讲理，且听愚叔说开怀。双膝跪地，买田治地。有功劳，有苦劳，功苦勤劳，马前之功，马后之苦。随是哪位明叔大伯，开山立堂，扯旗挂帅，栽培龙兄虎弟。我为不才的连保三本，连奏三奏。那时节，哪位龙伯虎叔开笼放鸟，鱼龙变化，改换袍带，日久之后，记名四字，提升幺满十牌，为不才的愚叔再来道喜。（按：此系红帮兄弟封赠少侄语。）

李寅依着红帮规例，照读罢了各等封赠词句，然后坐下，与盛春山、陈保山谈谈江湖上的行径，极为投合。

正说得起劲，忽然保山手下兄弟解到三人，听候发落。保山便在正义堂上当中坐了，剔起两只怪眼，对着解到的三人看了一会，吓得这三人汗流浃背，瑟瑟地抖个不住。李寅在旁看了，也是莫名其妙。正是：

堂前方庆群英会，阶下何来待鞫囚？

欲知保山审问这三人是谁，且听下回分解。

第二十二回

磔尸身伸红帮纪律
惩淫恶逞绿林威风

话说陈保山正坐堂前审问三人。那三人是谁？待做书的交代明白。原来那三人叫作赵大、钱二、孙三，都是帮中老九，奉了盛春山之命令，分赴各处去贩卖私盐。谁料他们时运不佳，临阵失风。统率私盐三五船，没有与官兵通过关节，当面迎着，两方开火对敌，赵、钱、孙抵敌不住，弃了盐船，仅仅逃得性命。他们明知失风逃走有犯帮规，回转山头，必然得罪，当下三人计议，不再回山，流落江湖，专在长江轮船上做些偷偷摸摸的事。时春保山中因为赵、钱、孙等奉了差使好久不回，有些疑心，特派巡风出去侦查消息，尽得其详，回报山主。春山、保山大为震怒，传令捉拿赵、钱、孙回山讯办。一日，赵、钱、孙等正在长江轮中做事，却被同帮巡风撞见。欲待走时，只见那巡风打出暗号，一霎时聚集三五十人，赵等料不能脱身，只得随着巡风回山。那时陈保山身为红旗老五，兼理刑堂，所以赵等三人归陈保山审理。

却说保山坐在堂前，看着三人，问道："帮规第三条，你们忘怀了么？"赵等三人战栗答道："第三条说的临阵脱逃者斩，兄弟不敢忘。"保山听了，冷笑一声道："帮规第六条，你们也忘怀了么？"赵等三人发抖着答道："第六条说的吞没水头者斩，兄弟也不敢忘。"保山道："这样说来，你们没有忘了帮规，如何遇了官兵临阵脱逃，在长江轮中私做差使，吞没水头？如今已被拿来，更有何说？”赵等尚没回答，保山便吩咐下手道：“快把他们拉出去，一个个放掉便了。”下手兄弟得命，走上一步，扭翻赵等三人，两个伏侍一个，拉到场上，斩下头颅，再将尸体分为数段，用破芦席卷了，拿出去投在大海之中。（按：红帮放人例无全尸。其法先断头，次断两臂、两腿，又次将中躯截分为二，然后以芦席卷成一束，抛诸江，投诸渊。土葬者殊无几也。）保山又将这事通告全帮兄弟，以为儆戒，不在话下。却说李寅眼见陈保山执法严厉，心中十分佩服，即在山中住了几日，便与孙琪各背公事下山，招领同党。书中暂且不提。

列位看官，须知红帮中刑堂一职，手操生死大权，最是厉害。后来有个好汉叫作颜鼎章，在四川省开山立堂，叫作峨眉山大义堂，他自己做了正龙头，有个叫作金鹫大王的，做了刑堂大爷，也与陈保山一样厉害。后人撰了一段笔记，专载其事，说道：

蜀中某岭之阴，箐篁葱郁，繁草缘径，日光射之作深绿色，与山翠空蒙相掩映。径既曲邃，麋鹿绝踪，猎人亦不复至。幽蒨欲绝。顾疾风吟啸而外，时有人语马嘶，出诸穷谷。阳乌西坠之顷，更必有汤汤金革之声。伊为谁？盖峨眉山金鹫大王之帝居也。大王为峨眉山之红旗老五兼刑堂，年富矣。虬髯绕颊，黑白参半，双瞳翳若无光，长日无事，嘿不作语。顾步履绝迅，无趑趄不进状。其两臂坚若纯钢，遇者无幸免。第勿审何以名金鹫，人之骤接之者，恂恂若众人，类勿能知其为勇夫，更勿能知其为盗魁。

岭有薮，垂数十稔矣。其始魁之者，为施某。施体硕，弗类金鹫，双眉浓黑。隐隐有杀气，尤足令人目之而怖。顾遇群下特优容，任其喧豗，都不之禁。众亦德之，出令未尝忤。时或有羽翼为官吏所执，咸怡然不为援。金鹫者，初不审其为何产。某岁夏月，一日薄暮，手衣裹及短刃，匆匆过岭。适有喽啰倚山壁间，望见金鹫，突出执之曰：“若真懵人，乃匆审是处为大王帝居！苟能献若物者，可贷一死。”金鹫佯勿之闻，径前行，喽啰意其为老而聋，追捕之，金鹫突反顾，以臂格其胸，喽啰大声呼，殒矣。

喽啰既呼，群众在山内闻之，咸骇诧，亦有展颜笑者，意为行客乞命之声耳。迨出山睹状，乃始大震。时金鹫行犹迩，在数十步以外，众知其俦侣之死，必是人所为，竟出白刃，飞步逐之，光晔晔然逐人影而乱，为状奇丽无匹。少焉追及，金乃回其首，语众曰：“若曹何不惜鼠命至是？果苦苦嬲人者，当如适间之鼠。”语次，遂止其步，凝睇斜视，以待众之报命。众哗然曰：“以吾辈光泽之刃，膏若之血，殊为不值。特若大言，不自衡虑，非小试锋镝者，不足以审吾辈之辣手。”言既，竟以刃奔金鹫。金鹫无语，挥其两臂，众之颠踬丈外者可十数，更余数辈，咸惶恐不知所为，其一特黠，笑语金鹫曰：“壮士若果有勇力者，盍少待，一与大王角？”金鹫曰：“可，固所愿也。”

无何，金革大振，黄尘翳空，施某衣锦服，手巨斧，率众百人，整队而出。金鹫猝睹，色洋洋如平时，出其短刃，努目以待。施某既至，大声曰：“若曷为伤我俦侣？陌路相逢，乃凶残至是。我苟不有以惩若者，誓不再王此众。”金鹫曰：“若言佳，第吾以一人，无能敌汝辈数百之众。若果有勇者，其屏若众，只身与某角。不者，若纵死某，亦不足为勇也。”施某曰：“可。”遂遣众远立，戒不许援，且语金鹫曰：“若志之，若固强于我者，其代我统此众，不众必磔若。若其无悔。”言既，遂纵斧奔金鹫，金鹫急以利刃格之，铛然一声，巨斧已折，施方震骇，金鹫突以刃进逼施胸，大吼一声，血下若雨，而负技自矜、杀人若草之施某，竟于是时毙矣。

施既毙，群众震慑，且益神金鹫之技。盖渠辈畴昔心目中，以为天下雄勇迨无逾我王，初不料尚有更勇于其王者，顷刻而毙之，于是相与泥首于金鹫之前，恳渠继王之任。金鹫慨然曰：“我乃红帮领袖金鹫是也。我友颜鼎章，才艺胜我十倍，当邀之来，为尔等开山立堂，共扶大义。”众皆欣忭。于是金鹫遂邀颜至，立峨眉山，推颜为正龙头，而金鹫任刑堂。众以其大权在握，私谥之曰金鹫大王。

金鹫宣告帮规既毕，且曰：“天下罪恶之至大者，无逾于污吏。礼在上若神明，藐下民若土芥，凭陵纵肆，匪所不为。凡尔群众，其欲有获，即取诸若辈，至贫稚衰朽，当有以援之，毋妄为也。”又曰：“凡尔群众，其各相助，遇有危难，毋得奔逸。其有左余律者，投畀豺虎。”令既出，群众大怖，相与横眉咋舌，若有所失。盖渠辈畴昔恣所欲为，未尝有所诫饬。所劫之财，非过客之资斧，即平民之什具，徒以白刃及涂面作神鬼状，为骇人之具，未尝真有膂力。至是大恐，悔前日之推金鹫进洪门，适以自苦也。

秋风飒飒，拂树梢而过，无数败叶，辞树翩飞。尤有群雁，翱翔云表，似欲与败叶竞其飞行之技。少焉启喙一鸣，而败叶已纷纷而下，为状实至惨栗。时则深林之底，有数十人，各据石磴而坐，拊髀微语者，金鹫部下之兄弟也。其一倚于枫林之次，语左侧坐者曰：“李大哥，吾人往日本以蹈刃扬拳为能，兹乃散居，粮食且尽。长是以往，不几奄奄同毙于槁梧之侧耶?”李某闻言，应声曰：“老赵，若言良然，吾侪生涯，固不类文弱书生寂寂居家中者。”二人方语，众杂声曰：“若二人言然也。然今夕尚有些些兽脯，既醉之后，然后商议，未为晚也。”言既，呼啸同去。

石径窅窱，阴气袭人，金鹫方独坐室中，倦而欲睡，突有一短悍之人迅步而入，睹金鹫，点首为礼。金鹫猝睹，亟离椅起，语曰：“老黄，若岂有所得耶?”老黄曰：“然。大王亦知省中俞某方服官于边塞耶？兹且解职而归，囊其剥削之资，挈其妻孥，跋涉已非一日。计明日之午，当过兹岭之南。大王诚能率我侪侣截其途径，则所有不难尽得。大王乎！某得此息，实由贿其左右而来，不者不能详稔至是也。”金鹫曰：“善，若当有赏。”

日已逾午，太阳殷然射岭阳，昭丽作异彩。时则有短褐执械者百辈，据于途隅，若有所伺，即金鹫之俦侣也。少焉，百武以外，黄尘起，笑语声自遥而近。金鹫时方策骥立群俦中，闻声曰："至矣。然彼辈童仆匪寡，征此长途，当亦有备。老赵，若其悉召兄弟来，悉合歼此巨蠹。"老赵闻言，立奔去。转瞬间，百数人继至，而俞某群众已易道望西而驰。金鹫曰："噫，蠹行逸。老赵，若其速袭山之西，截其行道。李五，若其率五十人伏丛菁中，勿为所睹。余兄弟其各返洞，某当孑身待于此。"言既，众咸遵命而去。

无何，俞某车果已抵山之西矣。老赵亟出，鸣镗助威，竞以白刃奔俞。俞果聘有善技击者数辈随行，闻声而出，奋拳力格。尤有一人名曰刘虎，其勇倍于他人。老赵同侪虽众，偃仆累累，不获取胜。幸途窄，俞犹未得脱。丛菁间群从继至，呐喊以助。时金鹫方踯躅山阳，闻声知有异，亟趋至，则见刘虎方掣道周巨柏之干，用以格刃，干槎枒甚，遇者悉无幸免，死亡相藉。日光惨淡，俞某固犹在车中，拥家人共语。金鹫大怒，突出攫巨柏之干，掷之地，声砰然震岩谷。刘虎大骇，方欲详察，金鹫急以臂挥其背，虎嗷然，背骨尽裂而尽，众各奋力共劫车从。少须，俞某屈从，遂尽劫以入洞，而山中群喽亦翕然嗟金鹫之有异能矣。

俞既入洞，金鹫检其家人，失一稚妾。俞亦痛哭告金鹫曰："某此行，携银十万，令诸姬各掌之。钞票千纸，存于稚妾，今既失矣。某亦甚愿以所有尽献，唯愿大王贷一死。数十稔辛勤一旦付之他人，亦复无怼。特我稚妾待我有礼意，遽尔舍去，良所不忍耳。"金鹫闻言，振喉大声曰："若毋多语。"遂促群盗挟之出。黄白累累，则置之坐侧，检阅名簿，一一行赏。死者共二十余辈，遗骸俱在，顾独失一老赵。

宁远城中，通衢之侧，有旅馆焉。外观轮奂，缘饰巨丽，门首有鲜旂二，似主人特简以招客之任，迎风招展，若谒行人。顾渠虽劬劳终日，作意俛仰，而行人之知其意者绝鲜，类皆掉头不之顾。一日薄暮，有客被服纨绮，偕一靓妆少妇，联臂而入。主人见贵客之贲临也，展颜而喜，似喜其旂之善招客。

客年四十许，肤作红色，意积歲累日曝日光中，始克有此。举止粗戾，雅与其被服弗称。犹有双髯，棼若麻丝，作深黑色，映以红肤，大足使人兴怖。顾主人第求旅资，他非所计，故于客之美丑，未尝留以深意。而足致主人萦怀者，反为少妇。妇盛服逾于棼髯客，而芳容之靓丽，尤足颠倒一切世人而有余。双眸曼转，娇嫣欲绝。主人遂于款客之暇，偷目少妇，颇欲迎前询其起居，侍服一切，犹恐棼髯客之怒，则暗默而罢。

一夕，为客至旅馆之第五日，室中灯火辉煌，列席整楚，客方与少妇据案共饭。侍者叉手拱立而待，为状至恭，亦至可鄙。久不得诏，则逡巡退去。少妇睹室中无他人，始语客曰：“果踪迹得之者，君将何以处之?”客面似微愠，亦无所答。少妇复曰：“侬甚念渠家。”言未既，客震怒，以箸叩桌曰：“若胡言。某不尝于昨日告若以利害祸福耶？后此更言者，当无幸免。”言次，门外有步履声，客乃顿止其语。既而声远，似已入他室。则复语曰：“阿俞贪酷，死人以万数，兹必不贷。若果系念，其将从之黄泉之下耶?”语时，拈须微笑，不复作语。而少妇则突起，面窗而坐，似不欲睹客，微闻声息，又大类作哭。客方啖，未之知也。

少顷，门外哗声顿起，革囊登登之响自遐而至。客方冥想，乃绝无闻，历刻许而复寂。时侍者亦入，少妇曰：“适者喧豗曷故?”侍者曰：“夫人未之知耶？适者来者，为检旅之军士。缘今日侦报，暮间有数十匪至是，故军官遂饬若辈检视旅社，辨其留匪与否。兹已去，与夫人无与也。”言已微笑睨少妇，旋携饭具去。而棼髯客之面急惨若有丧。

翌日之晨，客方酣睡未起，侍者忽偕数人入。客惊醒，睹其人，颜色顿异，神志大瞀，举止尽失其常。少妇坐其旁，亦泫然不得语。一人谓客曰："若曷为犯规例，拥物潜逸？兹我实奉大王命，偕数十人行且挈汝及此女去。"言既，客欲答无从，但有雪泪。其人勿之理，挥侍者召主人既至，谓之曰："若为旅东，亦良贸贸，乃未尝辨客之美恶。然此亦毋庸多语。我今问若，若客旅食资若干？我将速持客去，资即出诸我可也。"主人知其人不易为，即柔声曰："某不须资，听客去可也。"其人曰："善。"众遂偕客及少妇扬长而去。

读者至是，其于棼鬒客之即为老赵，当不难寻绎而得。而少妇为谁？则俞某之稚妾也。初俞某行蜀时，诸妾分车而行。老赵力夺，乃得稚妾，既艳其色，复多其财，奇计忽生，遂相偕遁。行至宁远，计程已遐，冥冥鸿飞，当不复中弋人之弹，乃小憩旅中。初拟小住数旬，即挟资游苏省，不料行踪甫定，逐者继至，而老赵遂入网罗。其至旅之一人，即李五也。我书以上，均为追述，今当叙其后事矣。

老赵既随李五而行，骤步数里，颇觉颠顿。少顷，出宁远之西郭，风柳清寥，景绝幽雅，芦屋数椽，临治而筑，为贫贱者之逆旅。李五十数人即旅于此。老赵既至，气喘如牛。俞妾犹疲顿弗能兴。李五曰："老赵，若犹忆往日林际共酌，崖畔寻秋之情景耶？"语未既，老赵之泪已不期下坠。李五曰："老赵，若迩日乐事何如？"老赵曰："李五，大王果已至耶？且又何为欲得我？"李五曰："若良愦愦，大王往日不尝以怜恤衰稚告众耶？兹大王知俞某不过为黠吏爪牙，已纵之逸。若又曷为拥其妾，显背大王旨？且若艳其多金，秘不与兄弟共，既犯帮规，又失和气。"言未既，老赵忽泣下，而俞妾亦泣。

二人语顷，内室傍桌之扉呀焉辟，一短悍之人骤步出。老赵一见，惊悸几于忘魂，砰然一声，而此无情之躯干，遂离椅而下坠于地。盖其人即金鹫也。金鹫睹状，亦不作语，第以目遍视室间。视既，入内。而老赵此时犹悠悠然梦在旅社中与少妇作密语，风木萧然，薄曛已落，宁远西郊，寂如丘墓。少焉忽有呻吟之声，遥度芦屋而出，盖老赵乞命之声也。老赵时方跽于广桌之侧，据桌而赫赫坐者，即为金鹜，冥坐无言，大类荒龛之中神像。而老赵则觳觫有似瘦羔，面宰人而乞生。其言曰：“大王，适间李哥语，我已自审其罪。钞千纸，所耗不及百之二，兹已俱呈大王。俞氏之妇，亦已来兹。幸大王鉴其愚，肉其白骨。”言次，李五亦欲有言，为老赵乞货罪。金鹜倏离座起，暴声曰：“混奴，毋絮絮作哀语。明日，行挈汝至危崖之上，向波神一掷耳。”言已径入。老赵及李五咸失色。

日逾午矣，峻岭为太阳所曝，灿然如被金缕之衣。山花作意，艳诸谷隅，浅碧杂黄，各矜繁彩。于时突有数十人拥一人而来。既至，缚之道周巨柏之底。缚方既，一人策骥随后而至，众争前取进止。策骥者曰：“速毙之，不则无以为侪辈惕。”众闻言，遂以刃投系柏之人。曾不几何，浓液喷涌，巨吼而尽。策骥老作惨笑曰：“若辈志之，老赵今以好货眩色死矣。”

列位看了这段笔记，便知红帮刑堂的厉害。其中也不只陈保山、金鹜大王如此，凡是刑堂大爷，没一个不是铁面无情，要杀便杀，要剐便剐，更无一些商量的余地。所以红帮兄弟个个能守帮规，不敢轻易尝试。

再说孙琪、李寅二人一同下山，各背公事，招领同志，两人各为其主，行至半途分别。孙琪独一个行至山东地界，时已薄暮，正想寻个宿头，忽然树林里走出两个强人，阻住去路。只因这一番有分教：

双雄毕竟难相并，遂使萧墙起祸殃。

欲知后事如何，且听下回分解。

第二十三回

同类相残巧施苦肉计
深仇不解兜拿断臂人

话说孙琪独自一人，行至山东地界，被两个强人阻住去路。孙琪不慌不忙，打起强盗切口道："我又不是马子，身边并没活龙篷索（现银衣饰），你们休要认错了人。兄弟不是别人，正是春保山上好汉，特来拜见你们大王，你们快去通报一声。"那两个强人，本是强盗中的小喽啰，一听孙琪之言，早知是一个路道，即便向孙琪作了一揖，引进盗窟。那盗窟设在一个土岗之上，地势盘旋曲折，极可容纳兵马，俗名葵花冈，中有盗匪一千余人。渠魁王得标，勇悍善战，声名很大，专劫来往客商，放马巡风，掳人勒赎，无所不为。京津一带保镖局里，知道得标厉害，预先和他通了声气，每月都有金银报效，反而求他保护。至于达官显宦，虽知盗势强盛，更是一筹莫展。眼见葵花冈附近县治一起一起地报告盗案，只索搁置不理，所以王得标的势力一天大似一天，独霸山东境上，官兵不敢正眼相觑。

却说小喽啰将孙琪引进盗窟，见了得标，但见他生得躯干肥硕，面白无须，四十余岁。孙琪向得标行了一礼，得标请他坐了，问过姓名来历。得标道："多听得现在春保山上十分发达，正头领盛春山又是秀才出身，定然文武全才。"孙琪道："不敢。敝山主不但是个文经武纬的好汉，并且礼贤下士，爱好交结天下英雄。听得大王雄名，时刻思念，只缘没有机会，未曾见面，特派兄弟到此侍候大王起居。若蒙不弃，恳请一同归入春保山中，共叙大义。”得标听了，一时没有回答，只吩咐小喽啰将出酒食，与孙琪同桌而饮，你一杯，我一杯，谈谈说说。孙琪知道得标厉害，有心要交结他，时把语言来挑动，一席酒罢，果然把个王得标说得心动了，当时进了红帮。孙琪便请得标到春保山去，得标既然进了洪门，自然要想去拜见龙头，即便应允。

歇宿一宵，次日便同孙琪二人，引了十几个小喽啰，径投春保山来。不多几日，已到山头，见了盛春山、陈保山等众多头领，大家欢喜，开筵相待，自不必说。原来那时春保山中江洋大盗居多，陆路虽有几个喽啰，却都没有多大本事，不能独当一面。那王得标却是陆路大盗，天下闻名，山东地方百姓把他姓名颠倒读起来，唤作标得王，这也可见他的威名厉害了。

话说盛春山因为孙琪屡次下山，招领好汉入伙，先后有顾三麻子、蒋六子、王得标等水陆大盗，小喽啰不计其数，为帮出力，其功不少，吩咐陈保山立将孙琪注册记功，推为开山首将。一面恳请王得标，将手中兄弟一同招领山来，扩充帮势。得标因见春山义气深重，诚意相待，便去率领五百喽啰归入春保山中，听候盛春山调拨应用，不在话下。

却说陈保山身任红旗大爷，兼理刑堂职务，权力甚大，有时正副龙头也奈何他不得。他自以为职掌刑堂，手执生死大权，敢谁违我命令，所以同帮兄弟无大无小，没一个不怕惧保山。保山看见众情帖服，不由得野心勃勃起来。正副龙头盛春山、蔡标等一班老兄弟他却并不顾忌，只对于许多新立的山头很是嫉妒，时常对盛春山道：“当初你拟定帮规的时候，错了主意，准许他们设立分帮。如今分帮多了，春保山的势力，不要被他们渐渐地掩盖了么？”盛春山虽善其言，却没有方法禁止他人再设分帮。陈保山道：“现在时势紧急，再迟几年，春保山的威名恐怕不能保守了。目前之计，唯有以帮并帮，把些心怀不良的龙头，逐渐消灭，才能保得春保山的威名。”盛春山道：“此话虽然不差，但是自相残害，恐怕误了大事，须要谨慎为是。”保山点了点头，并无言语，以后便也没有谈及。只陈保山知道王得标是葵花冈上大盗，声名浩大，自从他到山之后，便有了顾忌之心，时时刻刻防备得标有无自私自利的事情，常常暗派心腹刺探得标行事，虽是一举一动，都被保山探得详细。得标自知住在山上保山起了疑心，难与同事，暗约手下兄弟，不别而行。到了次日，保山方才得知，派人前去追赶，哪里追赶得上，只得回山复命。那王得标仍回葵花冈上自行开山立堂，取名东龙山忠义堂。外表虽名红帮，实际与春保山不相联属。

那时陈保山听得王得标也已立了分帮，心头火起，只恨得标势力浩大，不能依帮规从事，左思右想，定要杀害得标。一天，保山招呼手下一个心腹兄弟，说道：“今有一件重要的事嘱你去干，你愿意么?”那心腹道：“大哥提拔，如何不愿?”保山道：“好，如今先赏你五百金，将来得手回山，再赏千金。你有劳功苦功，保你做个幺满。”说着，便叫那心腹走近一步，附耳低言，如此如此。那心腹听了笑道：“些小的事，大哥放心。兄弟明天便当实行，决不误事。”保山大喜。

次日，保山升坐刑堂，叫人绑缚那个心腹到来，拍案大骂道：“你这不识抬举的猪狗，屡次误我大事，今日更有何说?”那心腹道：“兄弟一时粗心，误了哥哥大事，请大哥赏赐罪责。”保山道：“好。”叫左右将那心腹的左手斩了一半，斩得鲜血淋淋，逐出山门。

那保山的心腹断了手臂，走出山门，包扎好了，直奔葵花冈来，晋谒得标，说道：“兄弟与保山同处患难，共已六载有余。今因些小事故，他便不顾情分将我左手斩断。此仇不报，非为人也。兄弟特奔山主，请念旧日情义，收容部下，后日必当图报。”说着，便将左手断臂解开，给王得标观看。得标道：“保山不顾情义，斩断老弟手臂，实是可恶，但是我与保山并没丝毫仇隙。你要与保山作对，此间如何容得？即请转马他山，免碍了老弟的前程。”那保山的心腹一听得标说得落落大方，无隙可乘，便又改换口气说道：“兄弟自从春保山到此，路已走了不少，一心投奔山主。如今山主不肯收纳，兄弟其实没处安身，万望山主顾念同门义气，收留门下，感恩不尽。”得标性格本来爽直，见他这样苦求，便允他留在东龙山中，听候调用。那保山的心腹，又时常把春保山的情形告诉得标，得标便不疑他有别的心思。一天，东龙山上兄弟齐集忠义堂前，等候得标到来，筹议大事。谁知等了半日，得标依旧不到。众兄弟有些作怪，直到得标帐中侍候，但见得标直挺挺地躺在板床之上，喉间白刃一柄，晶莹耀目。大众惊呼起来，将得标尸身细细观察，那胸腹两部还有两柄插刺，直戳其中，流血成渠，全身冰冷。遍查兄弟，那春保山新来的一个断臂的人，早已不知去向。大家到了此时，恍然大悟道：“这个断臂的人，定是陈保山差遣过来刺我山主。他那斩断手臂，正是黄盖的苦肉计，使我们山主不去疑心，他便可以乘机行事了。好一个毒心辣手的陈保山，既然刺我山主，我们兄弟如何不替山主报仇？有天撞着我们手里，也要给他一个三刀六洞。”

书中不说东龙山中兄弟愤恨，以及料理得标丧事等情，却说那保山的心腹杀了得标，连夜出奔，回归春保山中，见了保山，备说详细。保山大为得意，当下取出现银千元赏了那心腹。那心腹得了赏银，满心欢喜，别了保山，要想出外化用寻乐。谁知行到半路，迎面突来一人，扭住那心腹的胸脯，连戳三刀，顿时血流如注而亡。正是：

鸟尽弓藏古有训，功成身死复何尤？

欲知戳死那心腹的果是甚人，且听下回分解。

第二十四回

众叛亲离春保山失势
开山传檄李云龙称雄

话说陈保山的心腹得了赏银，要想出山寻乐，行至半途，被人连戳三刀，流血而亡。那行凶的果是甚人？原来也是陈保山一个心腹。保山出了千五百金，叫他心腹行了苦肉计，谋刺得标成功之后，转念一想："我今出了千五百金，他便不顾利害，为我出力，刺杀得标。假使有人肯出三千金，叫他前来杀我，他也定然首肯。这么看来，他的存心不好。他又常常在我左右侍候，我如何防得许多？不如一发杀死了他，以绝后患。"想定主意，便叫另一心腹兄弟将那人半途杀害。即此一端，也足见陈保山为人的一斑了。

却说保山自从杀了得标，好似胸前除了一块石头，以为心腹大害业已伏诛，逐渐剿灭别个山头易如反掌了。谁知天下事情不能尽如人意。《左传》上说得好："尽敌而返，敌可尽乎？"大凡凭你有作有为的英雄好汉，除了一敌，必定再有敌人出来和你对抗。这保山除了得标，以为可以高枕无忧，不料本部兄弟看见他居心叵测，大家生了异心。就是盛春山、蔡标、孙琪等一班老兄弟，也以为保山不应如此做法，善言相劝，保山哪里肯听。话休烦絮，保山不肯听不打紧，却恼动了新进山头的一班兄弟。顾三麻子、蒋六子二人，眼见王得标无端被保山杀害，不禁起了一个兔死狐悲、物伤其类的念头。大家有些栗栗危惧起来，暗约旧部二三百人，秘密下山，到山西省去自立山头，取名伏虎山。共举蒋六子做了正龙头，顾三麻子做了副龙头，其余内外八堂大爷也都分派定当。春保山上得知消息，盛春山只叫得苦，与蔡标、孙琪等只管埋怨保山。只保山不肯认错，一发大怒，主张亲率兄弟前去剿灭伏虎山。春山等怎肯依他，保山只索罢了，仍是抱立宗旨，剪除异己。谁知保山越是剪除，背叛的越多。盛春山到了此时，竟是无法可想。

看官，那时春保山的势头虽然日渐改削，各省各县的分帮却是日多一日。详细调查起来，应有一百多个山头。就当时最著名的，除了春保山以外，还有：

湖南省	金龙山	正龙头	杨鸿钧
甘肃省	西凉山	正龙头	何桂林
湖南省	泰华山	正龙头	萧松山
浙江省	终南山	正龙头	何步鸿
湖南省	锦华山	正龙头	刘传福
浙江省	飞虎山	正龙头	刘家福
湖南省	楚金山	正龙头	陈　尧
浙江省	万云山	正龙头	王金宝
湖南省	金凤山	正龙头	胡佐臣
四川省	峨眉山	正龙头	颜鼎章
湖南省	天台山	正龙头	胡　云
广东省	天宝山	正龙头	萧朝举
甘肃省	虎形山	正龙头	杨鸿钧
江苏省	东梁山	正龙头	李云龙
山东省	东龙山	正龙头	王得标

山西省　　伏虎山　　正龙头　　蒋六子

山海关　　宝华山　　正龙头　　萧松山

话说当时既有如许山头，红帮势力实已蔓延全国。盛春山还没知道详细，便派孙琪出去调查一回。

孙琪领命下山，行至江苏镇江地界，正逢东梁山开山大典，香堂设在西城外鹤林寺里。孙琪便到西城，要想入内躬逢其盛。走进寺院，但见人头拥挤，热闹异常，不由得想起春保山开辟山头的景象。一壁想着，早已到了寺院门首，见有六七个兄弟把守大门，不许进内。孙琪行了一个抖腕礼，说道："列位哥哥请了，容兄弟进去观看则个。"那把门的道："若要进去，须是自家兄弟。你且读一首梁山泊大典诗句给我们听了，然后放你进去。"孙琪便诵那诗道：

"梁山寨上好威风，千军万马逞英雄。宋江仁义高天下，才得招安成大功。"

那把门的道："请问你哥哥从哪里而来？"孙琪道："兄弟从梁山而来。"那把门的道："梁山有好高好宽？周围好多里？设立几堂、几门、几关、几卡、几酒店？设于何处？有多少景致？有多少仁义弟兄？如何这么大的威风？"孙琪答道："若问梁山根本，有三十六丈高，周围八百里。上山有四门、四关、四卡，山下有四酒店。前有金沙滩，后有鸭嘴滩，左有明月洞，右有沙罗树。聚集一百八位英雄豪杰，所以威风甚大。"那把门的又问道："请问四门通哪里？关卡、酒店何人镇守？"孙琪答道：

东通广东、福建，南通河南、湖北、湖南、江西，西通云贵、四川，北通济南、北京。四关八将镇守：头关大刀关胜、双鞭呼延灼，二关豹子头林冲、霹雳火秦明，三关小李广花荣、白面郎君郑天寿，四关金枪手徐宁、铁叫子乐和。又有四卡：头卡杜迁，二卡宋万，三卡杨春，四卡徐达。山下镇守酒店英雄：东方酒店母夜叉孙二娘，南方酒店一丈青扈三娘，西方酒店两头蛇解珍、双尾蝎解宝，北方酒店笑面虎朱富、旱地忽律朱贵。山顶有五堂：头堂忠义堂，及时雨宋江、托塔天王晁盖牌位；二堂公义堂，玉麒麟卢俊义；三堂仁义堂，智多星吴用先生；四堂忠孝堂，呼风唤雨公孙胜先生；五堂天柱堂，大刀关胜。山上立五色旗号，二面镇山大旗，一面“替天行道”，一面“水泊梁山”。堂前有点将台，堂后有擂鼓台，左有花木树，右有金鱼缸。所有英雄豪杰，一概归宛子城宋大爷督理。前人兴，后人兴，一至兴得到于今。

那把门的听孙琪背诵梁山泊诗句，一字不错，连忙问了姓名，引到里面。其时山王李云龙正立在场中朗诵开山檄文，音吐嘹亮，的非凡器，孙琪暗暗称叹。那天聚在寺中归入洪门的兄弟，共有一千余位。一番热闹，自不必说。

大典既毕，孙琪抄得李云龙的开山檄文，拿回山中给盛春山观看。那文道：

窃思时衰道微，正英雄建立之秋；水秀山清，本豪杰立功之地。古帝王乌牛白马，告天地而起义桃园，破黄巾而三分鼎足。继起者或据瓦冈而立寨，或镇梁山以称雄。贤豪之崛起不一而足。迨康熙间，我祖招募英雄，平西出力，功不加赏，劳不擢爵。我祖乃独霸山东，建旆出师，登坛拜将，兴起虎龙之兄弟，栽成仁义之英豪。此当时之俊杰，乃我辈之渊源，本而行之，未敢改易前章，用谨稍参末议。云龙少读诗书，粗知礼义，飘零山岳，寄迹江湖，鲜受仁兄之指教，多蒙前辈之栽培。睹此世变时艰，焉敢不一动念？识时务者乃为俊杰，知世道者不愧英雄。云龙虽不敢自居，但既承冒昧，点作龙头，亦聊以仰慕前贤，追随骥足。爰览东山之盛，兴怀西水之清。名山曰东梁山者，因山势挺峙，卓尔不群故也。名水曰西江水者，因水势活泼，清澄且涟故也。得山之厚，得水之深，兼有人文之蔚起，故名其堂曰北汉堂。祝我祖威灵，馨香勿替，山岳禋祀，千秋永存。故名其香曰南岳香，取其火德之旺也。兹当天气朗清，惠风和畅，谨选吉日，诹良辰。设五祖之神灵，虔伸祭奠；当三光之照耀，共矢至诚。伏愿当道俊彦，执事仁兄，踊跃急公，指挥美举。俾豪杰同心，雷雨拟经纶之盛；英雄合志，光辉如璧月之圆。聊志芜词，用伸小引。

戊戌年十月十五日，在镇江府西城外鹤林寺，坐北朝南设立，齐集关帝五祖殿前。各踊跃进山，英雄聚会，豪杰同心。义声振河岳，仁德扇夏区，所厚望焉。

此处有古七十二庵一百八殿，前有张玄庙，后有松竹林，左有朱夫子，右有放生池。寺内有一佛两菩萨。十五日酉时进香，十七日卯时圆香。

戊戌年十月十五日申时进山，十七日辰时出山。此告。

盛春山看罢檄文，呆呆不语。倏忽之间，咯血不止，顿时晕了过去。吓得孙琪等一班兄弟连连叫唤山主，春山只是不醒。正是：

万卉只愁秋意至，英雄最怕病相侵。

欲知盛春山性命如何，且听下回分解。

第二十五回

丧龙头香堂哭英雄
执牛耳酒店会豪客

话说盛春山忽患咯血不止，晕了过去，众兄弟叫唤多时，才渐渐地醒了转来，扶到床上安睡。那时春山甚为委顿，叹息道：“我们兄弟自从开辟山头以来，一路兴盛。近年兄弟涣散，自去设立分帮，不相统属，多因我无才无学，所以弄到这般地步。但是保山性格暴躁，不能容人，也是一个极大弊病。假使现在即便改换方法，联络各山兄弟，春保山究是洪门前辈，总还可以横行天下。但我年虽未老，精力已衰，今又骤患咯血甚重，恐怕不久人世。我看李云龙一篇檄文，其才亦足惊人，将来也许做一番事业，自愧及不来他。只春保山成立到今，已经几个年头。我死之后，你们千万同心协力，扶助山头，不可互相水火，损了自家威风，伤了兄弟和气。我在泉下，也可瞑目了。”说罢气喘不止，隔不多时，两足一伸，双目仰视，从此一命呜呼了。陈保山、蔡标、孙琪等大为悲悼，就借李云龙的香堂，发丧祭奠，众兄弟不免大哭一场，厚礼葬了春山。复请僧尼羽士诵经礼忏，超度亡魂，不在话下。

却说春山死后，众推陈保山接任正龙头，执全山的牛耳。那五面仁义礼智信（五字皆虎旁，下同）的令旗，也各重行分派。列位，原来洪门制度，凡是坐堂、陪堂、理堂、刑堂、执堂，叫作五堂，这五堂的次序，拿彪寿私合同（四字皆虎旁，下同）五字，和仁义礼智信五字，分为公侯伯子男五等。这五堂如有命令，都用令旗，用绫罗做成，叫作黄令，又叫黄罗宝帐。当家的令旗，叫作将令，又叫龙虎宝帐。管事的令旗，叫作红令，又叫中军宝帐。其他的令旗，单叫宝帐。

第一位彪仁公，第二位寿义侯，第三位私礼伯，第四位合智子，第五位同信男。

这公侯伯子男五堂令旗之上，都用双金花双金珠。当家的令旗，单用金花金珠。管事的令旗，单用金花或是单用金珠。

话说陈保山既将各兄弟重派职司，既毕，意欲大兴山头，亲自出山，招领兄弟。一天行至东台县界，腹中饥饿，拣了一个饭店。进得店门，只见上首第一个座头上，坐着一个粗黑汉子，第二个座头上，坐着一个军官模样的。保山便就第三个座头坐了。店小二拿上酒饭，保山慢慢地独酌起来。见那粗黑汉子狼吞虎咽了一回，立起身来便走。店小二追上去一把拉住，说道："客官！饭金没有算过，如何便走？"那汉道："我与你家主人是同门兄弟，如何要我饭金？"店小二道："如今主人不在这里，我也是洪门兄弟，却不认得你。"那汉笑道："你也与我是一家人，那更好了，请我吃顿酒饭，算得甚么？"店小二道："看你这想图赖饭金，冒充洪门，当心吃了三刀六洞。"那汉怒道："你说我冒充洪门，看我将始祖殷洪盛出身诗句诵给你听。"店小二道："如此便好，你且说来。"那汉便诵道：

今住甘肃太平府，太平县内接香村，乌龙江上一富豪，仁义礼智信部人。棋盘石上有四字，白云连天写当中。水城县，去北路，草寇作乱显威风。康王下山招贤榜，招集天下众英雄。山东有个少林寺，内有一百二十八个和尚逞英雄。众位今来揭了榜，官封总兵把贼征。临行铁印赐一颗，剿贼得胜返朝廷。康王御赐功劳宴，王春美在旁起歹心。奸臣上殿巧奏本，反言少林寺内众老僧。倘若日后把心变，我主江山属他人。康王一听心中畏，依卿所奏任你行。奸臣急买干柴草，想净烧死不留根。火烈勇猛风又大，前无出路无救兵。众僧跪在尘埃地，祝告诸神救难人。喜得生路来逃走，跳出火坑把数清。可怜烧死一百十一个，只逃得出十七人。号啕痛哭把神敬，保佑存者得安身。觅寻海山燕峰木阳城，高州府有白狗洞，望心岩中且安身，又被奸臣追到此，人人奋力挡追兵。不幸阵亡十余将，只救四位有能人。急急逃走四方去，高溪庙内把足停。内有和尚大姓万，名叫云龙是英雄。问起四人因何事，急得云龙气冲天。金钟玉磬本早设，白石香炉摆当中。焚香方把四人请，同跪神前结拜盟。八拜结交如手足，云龙年长是大哥。各霸一方访英豪，招集天下众英雄。洪家有如此者，请各位台听分明。

那汉说罢，要想脱身，店小二依旧不放，说道："这还不能算数，还有四十八句总诗，你且一气说来，否则须要算了饭金，才放你去。"那汉无奈，只得说道：

手提算盘重几斤，推算木阳城内几十宗。高溪庙内三层佛，招军旗下五堆烟。旗杆之上红光现，桃李乾坤一统归。三关六将保九佛，内有洪家兄弟拱圣君。燕盘广积仙人板，白石香炉有缘因。溪汰洪花白云连，天赐少林寺，又有万云龙。七星八卦不非轻，四九三台五本同。披发当头坐，头戴方巾一点红。身披袈裟铁罗汉，双龙宝剑在其身。始祖本是洪盛殷，祖母金丹有名声。高溪庙内观音佛，外有关公显威灵。花亭之中逢手段，五祖命令坐当中。复传仁义礼智信，重新日月立乾坤。号江洪内附塔印信，彪寿私合同。韩龙、韩虎、李昌国，头门披守万云龙。七盏明灯分左右，五阴六阳定分明。江花绵棍量天尺，戥称算盘立青天。梅花镜子金交椅，太平毯子一色新。铜铁桥上兄弟过，抬头一望木阳城。松柏堂前分大小，桃李树上共一宗。千年仇恨虽要报，扭转乾坤归一统。福德寺内把愿许，公义堂上起英雄。兵饷根源真悟事，原来一百零八层。若问木阳城内根源事，四十八句逢对清。可算一位好英雄。

店小二听到这里，说道："果然对得清楚，不愧一位英雄。饭金不必计较，哥哥自去便了。"那汉并不道谢，转身要走。

只陈保山在旁目睹情形，知道那汉也是一门兄弟，不禁赶出店门，执了那汉之手，说道："哥哥慢行，且待兄弟奉敬几杯。"那汉本要动身，突然被保山拉住了。好不耐烦，答道："方才不肯替我回了饭金，如今店小二算了，你却来邀我喝酒，不是戏弄我么？同门兄弟相会，也有诗句，你且说了，我却来喝你的酒。"保山便道：

龙头龙尾正相连，南过八达定乾坤。看看红云遮日月，九州万国齐起升。有人知道江湖事，处处江湖路路通。

那汉听了道："这是相会合同，还有相会皮盼（洪门底细），你且一并道来。"保山并不答话，便道：

五祖分开一首诗，洪家真主无人知。兄弟相逢团圆会，此谕传晓众人知。兄是洪，弟是洪，吴用先生、陈近南。义兄若还不肯信，二人挽手进华山。兄弟本是洪家后，高溪庙内结手足。天下莫逢风云会，甲子开天至今岁。三山连山两三连，血满谷来血满山。南征北扫，南北一齐开。开竹花，有两枝，不知其名，并在哪一山。三山二九秋，十人明月闹中秋。八节中原开洪树，枝叶虽知明月凡。在金山，进了香一支，三十六殿月宫任你行。一百另八任，凡在东门打头行。九共桥上我走过。初入香堂拜佛僧。竹子生在桥边上，七皮竹叶对桥中。竹子生来交结清，紫云台上称英雄。梁山一根竹，三节共九同。左边插起三十六根大线香，右边插起七十二根小线香。玉皇赐我一把枪，有仁有义全家福，无仁无义照律行。

那汉等到保山说罢，便道："哥哥果是洪门兄弟，不知高姓大名，统率哪一座山头？"保山道："兄弟姓陈名唤保山，多蒙兄弟们不弃，推为春保山山主。"那汉听了，连忙行了一个抖腕式道："原来便是四海闻名的陈大哥，失敬失敬。”说着，便随保山重进饭店。

不提防坐在店中第二个座头上的那个军官，迎面而来，一把拉住保山，喝道：“官厅现有海捕公文，捉拿大盗陈保山，原来便在这里。”这一来，把个保山吓作一团。正是：

踏破铁鞋无觅处，得来全不费功夫。

欲知后事如何，且听下回分解。

第二十六回

帮并帮山主起野心
毒攻毒提台施妙计

话说保山与那汉入得店门，即被一个军官一把拉住，口称捉拿大盗陈保山。保山吓作一团，正没有是处，忽见那汉笑着对那军官道：“哥哥休要取笑，吓了好汉。”一面又对保山道：“哥哥放心，这位也是一门兄弟，虽然当了官兵，却与我们一路，不要吃他吓了。”这话还没说完，那个军官早已释手，向着保山连连作揖道：“适间冒昧作耍，哥哥恕罪。”便请合席饮酒。保山笑了一笑，于是三人都在第一个座头上坐了。店小二重整杯盘，搬出上好酒菜，三人开怀畅饮。

保山便问二人姓名来历。原来那汉姓唐名松，在这东台县城里面，开设赌场、烟铺，一味强凶霸道，谁也不敢惹他。那军官姓石名勋，在镇江聂提台手下当个差弁。他那二人都是东梁山李云龙手下兄弟，这天与陈保山相会，谈得投机，结为好友。酒席既罢，保山嘱托他们引领兄弟归入春保山中，扩充帮势，二人各自应允。保山因欲再到别个码头，便与二人分别。一路招领兄弟，不必细表。

却说春保山中自经陈保山亲自出马招领兄弟以后，果然日盛一日，但是别个山头似伏虎山、东龙山等，也都竭力进行，不肯落在春保山之后。陈保山见此情形，恐怕自己势力不能充分发达。他的夙愿，要想使得全国分帮都听他一人的号令。今见东龙山等不肯相让，着实担忧。况且他自刺杀王得标后，东龙山兄弟都要与得标报仇，所以保山加倍恐慌起来。千思万想，采取以帮并帮的办法。怎样叫作以帮并帮呢？就是他见势力弱小的山头，前去说动他们兄弟，归入春保山中。如若不从，便用强硬手段，或是刺杀山主，或是率众攻打，定得手以后才肯罢手。数年之间，果然被他收服了十几个山头，声势甚壮。

保山见得一路顺便，野心越发厉害，渐渐地兼并大山，要想一统红帮。只伏虎山、东龙山等，和他有了嫌隙，如何肯受他的节制？自然不愿投顺。保山怒不可遏，便与他们打了几仗，不分胜负。后来金龙山的杨鸿钧、金凤山的胡佐臣、天台山的胡云、楚金山的陈尧、西凉山的何桂林、峨眉山的颜鼎章，因见保山兼并同帮，野心勃勃，大为不然，便也结合起来，与保山对抗。这一来，陈保山的敌人越发多了。那伏虎山中蒋六子，颇有主见，与东龙山兄弟说明白了，遣派心腹兄弟，投降春保山，叫他们说动保山兄弟，使得上下离心。那保山虽有勇谋，一个人也将无能为力了。这种计划，两个山头兄弟都极赞成。当下即派三五十个兄弟，投入春保山中。保山不知他们自从东龙、伏虎两山而来，一齐收留了他们。三五十人即在春保山中，讲说保山的不是。一传十，十传百，合山兄弟，差不多有半数以上，被他们煽惑，不知不觉，与保山生了恶感。这保山是个性如烈火的人，容不得人家过恶。若然违了他的意旨，或是犯了帮规，他便杀却。同帮兄弟，为了保山如此，甚为怕惧，只是不敢说他坏话。一旦被人说破了，大家心里对于保山就不很愿意服从了。因之保山所出命令，有时不能立刻办到。保山性格暴躁，如今令出不行，哪里忍耐得住？性发起来，就把部下兄弟乱打乱杀，于是众人越发不服。那时保山的地位，好似大疽将发，正在作脓作血时候，征象虽然没有发现，然而病根已经种得甚深了，等到暴发起来简直无可救药。

闲言慢表，且说有一天，保山自行巡察山头，忽然拾得票布两纸。一看之下，吃惊不小。那票布的式样如下：

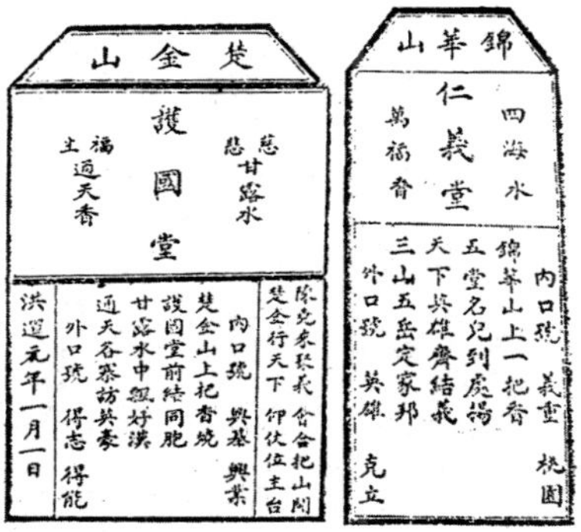

保山看了票布，自己思量道："这楚金山与锦华山两个山头，都是与我为敌，他们兄弟，万万不到我的山头。这两方票布，如何会到这里？好不奇怪。"一壁想，一壁走，回到堂中将票布给蔡标、孙琪观看。蔡标道："发现这种票布，定有敌人在山，哥哥须要仔细。"保山恍然大悟道："这定是前来行刺的人，天幸被我撞破秘密。既然如此，我须严密查究，将新进山头的人一个个询问。"说着，便传令道："众位兄弟听者，今天新进山头的兄弟齐集堂前，听候命令。"此令一出，新兄弟自然不敢违拗。保山便将新兄弟挨次查问来历，共计问过二三百人。其中有半数说得来历不清，保山心疑，留在堂中，其他即行释放。那些被留堂中的人，不知保山用意，呆呆地立着。等到近晚，忽保山手下亲信兄弟四五百个，各执短刀绳索，不问情由，将那些来历未曾说明的人，个个捆翻绑到场中，各斩一刀，尽皆死了。列位，原来保山起了疑心，恐怕我不杀他他要杀我，故将他们一一杀了，以防后患。谁知天下敌人哪里杀戮得尽？他那手下兄弟见得保山残害同门，大为不平。还加东龙、伏虎各山兄弟从中鼓吹，主张杀了保山，另推龙头，那时便有许多兄弟情愿动手暗杀。至于楚金山、锦华山的兄弟，早已陆续混进春保山中，保山拾得两张票布，就是他们遗失。他们自从失了票布，又见保山一天杀了百数十个新兄弟，料道机谋泄露，不敢迁延时日，各人胸怀利刃，要想遇着保山便刺。只保山也很乖觉，自经大杀兄弟以后，知道谋者甚众，不敢独自行走，终日叫心腹兄弟环立左右，以防不测。那班谋刺的人，见日间不能下手，商议夜间行事。

一天，保山上床安睡，尚没有入梦，忽听得窗外有轻轻的脚步声音，隔了一会，又听得拨动窗钮的声音。保山心知事情不妙，急急披衣起身，伏在床脚之下。那时房中并无灯光，但听得一人已将窗钮拨动，开了窗门，但见一团黑影跳了进来。话说这个刺客手执雪白利刃，既进窗门，直奔保山床上，举刀便刺，觉刺了一个空，不觉一吓，便用刀在床中乱舞了一回，才知是张空床，便即轻轻地退了出去。保山等那刺客去了，惊魂稍定，从床下爬了出来，再也不敢睡觉，开了后房门，到别个室里去了。次日，保山不将夜间的事宣布，只叫心腹兄弟十余人轮流守夜，不稍疏懈。此时保山外有敌党，内有刺客，真是十分难过。

半月以后，忽有东台县遇着的军官石勋前来拜访，保山请他饮酒。席间，石勋道："哥哥，今有一事奉告，敬祝前程无量。"保山道："兄弟并无事故，哥哥何故祝颂?"石勋道："现在镇江聂提台奏准朝廷，招安大哥剿灭群盗，哥哥如肯率领亲信兄弟降了清朝，将来红顶子、黄马褂不足为奇。"保山初听此言，恐怕石勋假意说辞，答道："我们兄弟聚义山头，安肯轻易便降清朝?"石勋道："不然，哥哥岂不闻梁山泊宋公明的替天行道么？他虽身居梁山泊中，却时时刻刻等待宋朝招安。哥哥义气与宋公明相似，如何不学宋公明的样呢?"保山闻言，知道石勋来的真意。又想身为春保山的正龙头，内外都有谋我的人，实在不可安居，还是降了清朝，借了官兵威力，抄杀异党，也可出得我一口怨气。想到这里，便答道："既蒙聂提台的厚意，哥哥一番热心，兄弟情愿投降清朝。但是我们都是洪门兄弟，虽然做了清朝的官员，却不可忘了始祖的威德。"石勋听了满口答应。

看官须知，原来那时红帮势力蔓延全国，各山头分派出去的兄弟所做文武差事，弄得闾阎不宁。每逢重大的命案、盗案，官厅审问结果，都与红帮有关。各省督抚，查得春保山一帮颇为厉害，主张先剿春保山，然后剿灭各处山头。那时镇江聂提台颇知谨慎，提出一个计划，请准朝廷，将春保山帮徒招安，然后便叫他们去剿灭其他山头。这种办法于官家并无耗费钱财，劳师动众，却叫他们自相并吞。此计提出以后，各大臣甚为赞许，便派聂提台去招安春保山。但是聂提台与春保山中并无熟人，四面托人探听，有无与春保山山主认识的人。不料他的贴身差弁石勋正是洪门中人，与陈保山有一面之雅。当下石勋只是一个差弁，未曾有功劳，闻得此事，便去拜见提台，说道："大人意欲招安春保山的正龙头，小的可以前去说动。"聂提台摇摇头，拈须笑道："看你一个小小差弁，如何敢去说动大盗?"石勋冷笑一声道："大人在上，小的并非夸口，保管前去一说便能成功。"聂提台一听大喜，委派石勋前去招安，实行他以匪治匪的计划。正是：

同室从此操干戈，妙计居然奏异功。

欲知后事如何，且听下回分解。

第二十七回

身首异处大圣受刑
血肉横飞统领被炸

话说石勋奉了聂提台的命令，劝降保山，保山应允的事，书中表过不提。却说保山率领心腹兄弟五百余人，来见聂提台。提台抚慰了几句，请准上宪，特委保山当个缉私统领，专司剿灭帮匪。保山受命以后，果然连破巨案。原来保山抱的报怨宗旨，凡是与他不睦的山头兄弟所做案件，他便去捉拿；若是与他和好的山头兄弟出来做事，保山不但不去捉拿，还要代为通风报信。盗匪得了赃物，自己不敢分肥，先要孝敬保山，所以保山自做缉私统领以后，盗案虽然破获不少，但都是保山异党。若是保山兄弟所为，依旧能够逍遥法外。

话不烦絮，却说一日，也是保山命运该绝，获得大盗一名，叫作齐天大圣袁丈青。乃是东龙山的外八堂大爷。保山心想："东龙山与我为仇，如今他们大爷被我捕获，我可迫他供出山中主要人物的姓名年貌，不难逐个擒获，也可泄得我心头异愤恨。"想定主意，便唤小卒将齐天大圣绑到面前，问道："你们兄弟共有多少？你自小至今，共开了几次差事？共杀了多少人民？共劫了多少钱财？你是好汉，便当照实供来，不要畏首畏尾，做出没出息的样子。"齐天大圣圆睁怪眼，大声道："看你是个背叛红帮的小人，借了官兵威力，报你私怨，直是人面兽心，算不得好汉。我自十八岁为盗，今年二十六岁，共做了一百多件案子。手下兄弟不计其数，若是抢了五万、十万，每人只得喝口薄粥。其他也不必说了。”保山听了笑道：“供得好，但你们好汉，共有几个？快快说来。”齐天大圣冷笑道：“好汉做事，一人承当，如何肯连累了同志？我既被捕，由你要杀便杀，要剐便剐。若要我供出兄弟，你休妄想。”保山道：“好汉说得好，但是红花桥、鹞子翻身的刑罚，你可能承受得住吗？”齐天大圣道：“什么叫作红花桥？什么叫作鹞子翻身？”保山哈哈大笑道：“亏你是个好汉，这种刑名也不知道，待我说给你听。把两根细铁链条烧得通红，离地一尺余高，搬得似一座铁桥，那时叫你跣了脚，在这桥上行走，这便叫作红花桥。再把你反仰，用细麻绳缚了你的大拇指，挂在庭中，这便叫作鹞子翻身。这两种刑罚，你若承受得来，可以不必招认。若然受不来时，还是早早招认，免受痛苦。”齐天大圣冷笑一声道：“这种刑罚算得什么？我若呼了半个‘饶’字，也不是江湖上做事的好汉。”保山见他当真不肯招认，便令用刑。齐天大圣走了一次红花桥，两只脚上皮肉足已焦烂，只是口口声声地大骂保山叛帮，兄弟姓名一个不肯吐出。保山无可奈何，将齐天大圣连用了半月刑具，眼见不能取他真供，只得申详上宪，将齐天大圣依法斩决。

事过之后，保山不以为意。一天，保山率领小卒一百人，在镇江海口踩缉私商。忽有一个汉子，手捧木箱一只，送与保山，反身便走。保山不知箱中藏些什么，急忙开出一看，但见圆滚滚的铁球，有碗口来大，附有梅红名片一纸，上刊“徐宝山”三字，保山不知徐宝山是谁，询问随行的道：“这徐宝山我不认识，如何遣人送此物品？”随行的道：“听说江湖上新出一个好汉，叫作老虎，不知是他不是？”保山想了一会道：“这个徐宝山一定就是徐老虎。”随行的道：“何以见得？”保山道：“多分他知道我查拿私商厉害，特送这种礼物来。是要与我通声气的表示。”随行的不敢多辩，但见保山拿了铁球，拔出佩刀，要想剖开铁球来观看。一霎时，但闻轰然一声，火光四射，烟雾弥漫，有似放了一个大炮一般。可怜陈保山就这火光烟雾之中，一身骨肉化为灰烬了。看官，你道这个铁球是什么东西?原来就是炸弹。当时炸弹新近发明，保山没有见过，所以不晓，遂致伤了性命。

至于徐宝山是怎样人物呢？也当略说几句。那徐宝山也是洪门兄弟，在东龙山中充当红旗老五。同帮兄弟因他厉害，都呼老五为老虎。几年之间，在红帮中立功不小，江、浙、湖、鄂各省，都知道徐老虎的大名。小儿夜啼，父母恐吓他道“徐老虎来了”，小儿便不敢再啼了。只此一端，也可见他威名的厉害了。他与齐天大圣同一山头，自见大圣被捕，便想劫牢。谁知事体没有办就，大圣已被保山杀了。因之访得保山所在，送去炸弹一枚，替大圣报仇。宝山此时虽在江湖上做好汉，却已与革命党合成一气，他的炸弹就是革命党供给的。他后来在革命党中很做一番事业，此是后话，本书暂且不表。

却说保山自被徐老虎炸杀以后，部下小卒有逃得回营的，备说保山遇害原因。官厅四面探听，知道徐宝山就是徐老虎，密令各州各府严密查缉。那时宝山正住镇江城中，聂提台探知他的住宅，暗派得力军队改变民装，将他住宅围得水泄不通。宝山在家，一见路道不对，心生一计，与家人说明白了，便去躺在床上，一霎时间忽病身亡。当下家人便唤木匠到家，做了棺椁，为宝山发丧，当夜便将宝山尸身运到葬所。那时围在宝山门外的军士，因为他死得奇怪，前去探听，果见宝山直挺挺地躺在板门之上。又见他那姬妾，却是围住尸身号啕痛哭，当即信以为真。直等到宝山尸棺出门，方渐次地回营报告聂提台。聂提台道：“徐老虎死得蹊跷，必是保山冤魂作祟。但他既经死了，我也不必追究，放他做个太平鬼罢。”谁知隔了三日，探子报道：“徐老虎的家属现已不知去向，多分是回归本地去了。”聂提台听了，不以为意。隔不多日，忽接一信，聂提台拆开一看，大大吃一惊。那信道：

义士徐宝山致书聂提台麾下：窃闻顺天者生，逆天者亡。陈保山身为洪门领袖，遽变初衷，倚仗官威，残害同类。宝山为义愤所迫，炸之于海口，为天下伸公义，为友朋报私仇。麾下不察，指小卒前来捕拿。宝山略施小计，不为麾下所算。虽云人力，而冥冥之中殆有天意也。今者宝山约束旧部，竭力与麾下相周旋，维麾下熟计其利害焉。余不白。

聂提台阅毕，面色如土，派人出去探听，方知宝山眼见官兵围住宅门，不能脱身，假作忽病身死。所做棺木用的活络底，佣人将棺木抬至荒野，即将棺底抽出，宝山便得乘间逃走了。

却说宝山走脱之后，半途遇着马老胡子，备说其事，且道："如今官厅捕我甚急，可有一个安身之处？"马老胡子道："现在山东省西山一个山头，地方险要，有一班不入洪门的兄弟占着。我们去夺了下来，也可囤积得一二万人马。"宝山大喜，便与马老胡子去占领西山。只因这一番，有分教：

海口复仇伸大义，西山占领振威风。

欲知后事如何，且听下回分解。

第二十八回

娇啼婉转小王妃遭擒
倦眼蒙眬老胡子就逮

话说马老胡子既领了徒党占领西山，便将徒党分布各处要害，侦探的侦探，防守的防守，抢劫的抢劫，布置得井井有条，头头是路，自己便居然安安稳稳做起草头王来。从此西山一带的来往客商，就有蜀道难行之势。若不从此过便罢，若从此过，简直没有一个能够侥幸漏网，就是近山居民也不能高枕而卧。所以到了后来，几家富户移家避去，一般没有家产游手好闲的人，也就随声附和，入伙的入伙，引线的引线，弄得四方百里内的居民，个个做了马老胡子的部下喽啰。那时马老胡子越发猖獗，非但明火执仗，竟然也打起旗帜，如同军旅一般，白日也要抢劫。

列位，你道那时官府为何不去剿灭他？只因为一来是马老胡子势大，有些害怕；二来是官府畏事，诈聋作哑；三来是那时正是光绪末年，大水成灾的时候，就是素来平安的地方也还盗贼蜂起，莫说这山东本是强梁的渊薮，盗贼出没的所在，自然不比他处了。官府既是诈聋作哑，盗贼自然无法无天。马老胡子手下徒党既多，势力也渐扩充，山东省里各山的寨主，大家都奉他做首领，听他的指挥。马老胡子欢喜得了不得，竟备了盛筵请各家寨主大宴三日。自从这一天起，马老胡子便自称起“西山王”来。西山王自接了王位，居然也摆出些王的架子，出来不似从前的滥抢滥劫，颁布了几条命令，大概是不准私行劫夺，不准奸淫杀戮，几条官样文章。部下的喽啰也就阳奉阴违，到底是强盗的脾气，哪里改得尽，各山寨主每年还要供奉些粮草，西山王俨然做了一省的强盗皇帝了。这且按下不表。

再说这年正是光绪三十二年，北方水灾，波连了许多省份。山东、安徽受灾最重，田舍房屋都被水冲得干干净净，淹死的人不计其数。一般灾民都向着高阜的地方没命地逃生，老年的人走不动路，淹死的也有，饿死的也有，真是伤心惨目，可怜得很呢。当时各省大臣因各地灾情重大，专折入朝奏明，请发放急赈。光绪皇帝就派亲王载沣拨了几十万银子，出来放赈。这种有关民命的事，载沣哪敢疏忽，便即日请训起行，兼程赶往山东，先须到济南和各大臣相商一下，方可着手。不想要到济南，必须从西山经过。载沣虽有护从兵将，不过人数极少，而且都没准备。起初本不想有什么变故，这一行人护着车辆银箱，一直向西山进发。载沣和薛王妃同坐一车，看沿途风景，口讲指画，一路行来，倒也不觉疲倦。未牌时候，从人报已抵西山脚下，须过山三十里，才有客店可以安身。载沣便命火速赶程，不要停顿，从人就向山套里来。

行不多时，未及十里，忽然树林里一棒锣声，拥出百十个彪形大汉。护从兵士一见来了强盗，便个个有些害怕，碍着王爷在旁，不得不虚张声势，上前喝道："何处强徒，敢来惊王爷的驾？还不过来请罪。"大汉听了，暗暗地好笑，大声喝道："狗党敢在你爷爷地方上来放肆，甚么满口的叽里咕噜，爷爷是不懂的。若不早早将金银献出来，我可将你们这般狗头杀个尽绝。"官兵听了，个个目瞪口呆。还是个侍卫有些能耐，喝道："狗强盗，快快过来受死。"说罢，便挥刀出马，兵士不敢动手，只在旁边呐喊。强盗看了，便一拥而上。你想侍卫一个人，哪里是他们的对手？不上八九回合，早已被他们杀死。兵士见侍卫被杀，也早哄然而散，但留着车辆和载沣、薛妃二人。强盗们见官兵逃走，亟将银箱等物件搬运上山。未后一人来到车前，正欲取物，无意之间一眼瞥见薛妃，似乎年纪很轻，美丽罕匹，再仔细一看，果然千娇百媚，小巧动人。那人便上前一手抓出车厢，认了一会，哈哈大笑，说道："我们大王后寨夫人已自不少，然从没见过似你般的美貌。今天得了你，正可献给大王做个压寨夫人。"说罢便来抓着薛王妃。王妃婉转娇啼，吓得面色如土，禁不起众人你推我挽，已经向山中去了。

那时载沣眼巴巴望着这伙强盗将金帛、爱妃一起抢去，心中恨不得提千万羽林扫平群寇。无如护从侍卫死的死，逃的逃，只剩一座空车，一个王爷，一个马儿，伫立在树林内，正在无法可施的时候，忽然那面又拥出一队人来，载沣见了，还疑是强盗，吓得晕了过去。等到醒来，已经在济南府衙门里了，急忙叫人来问，才知道自己后来所遇的不是强盗，是济南府接驾的官役人等。此时府太爷还立在旁边，见王爷醒来，便请安谢罪。载沣便将方才所遇的事一一告诉出来，并且请府尊限令捕盗，势在必得。知府自然雷厉风行。无如这般强盗都是不怕死的，且是深居穷山之中，哪里要想捉得着他们的影儿！虽出通缉示海捕文，终究是一些儿效果都没有。后来载沣先筹了巨款，放了赈，一面严向官府要西山王，并且密电来往的抚属。那时候，适荫昌做江北提督，接了王爷的令，便谕令心腹人员出去访捉，并有二千块钱的赏赐。于是人人想要捉西山王，得一种极大的赏赐，西山王就成了众矢之的了。

清江有个叫丁二的，也是西山王的徒弟，和西山王很是要好，西山王每到清江，必定住在他家里，这回子西山王又住在他那里。不想丁二利欲熏心，竟自用了蒙汗酒，将西山王醉倒，自己便去领了官兵，将西山王解到江北提督衙门来。荫昌连夜升堂，拷问一切，西山王睁开眼来，知道自己受愚，又看两旁兵士森严，要想逃走又是不可。回想过来，人生总有死的日子，又何必逃走？又何必乞怜？上面一件一件案问下来，他便一件一件地承认，总共有二百多件案子，他通通认了。及问他薛王妃的事，尽你如何他总是个不答。弄到后来，他才说道："其中另有原因，你们一问王爷便知道了。"于是就择明天在西关斩首。西山王一世英雄，便从此结果了。这正是：

强暴总难逃大辟，美人岂合属沙吒？

欲知后事如何，且听下回分解。

第二十九回

蔡标制定带子招牌
孙琪排演茶碗阵势

话说西山王伏诛以后，徐宝山代领其众，将来民军独立，他那一班兄弟便即变为师旅，与清廷见过几仗，此是后话，暂且不提。

却说春保山中，自从陈保山死了之后，益形涣散，蔡标、孙琪都已灰心，大家主张出外开码头，落得掳掠一些财物。当下二人商议道："我们出去开码头，同帮兄弟未能个个认得清楚。宝传之中虽然载着诗句，可为同帮会合之证，但是句句说来，甚觉烦碎，并且容易惹人注目。须要做个表帜，使同帮一见，不用口头问答，便能知晓。"蔡标当即拟定带子招牌，吩咐兄弟依法试用。如在轮船，将带扣在行李之上。凡为山主者，扣作，老五扣作，老六扣作，作外自老九起至老大止，他那带子下垂的度数，依次增高，使同帮一见，不但能知是兄弟，并可辨明身份的大小了。若是不扣式样，就带上打结为记。譬如老大一结，老二两结，以下类推。若是没有带子，可用手巾代替。连手巾没有，又可将辫线打结代用，其法盘辫于顶，将辫须垂在左耳之旁，与耳根相齐。他们的阶级也拿辫须来分别。譬如老大将须之一缕打一结，老九则将辫子九缕打九结。这种挂牌法子，蔡标制定以后通知各兄弟，出去开码头后都将依法招牌，不可疏忽，众兄弟自然欢然答应。孙琪见蔡标编定带子挂牌法，他也拟排茶碗阵势，以便兄弟相遇，不必问询，看了置放茶碗的式样，就可知道意思。他那茶碗阵势如下：

（仁义阵）

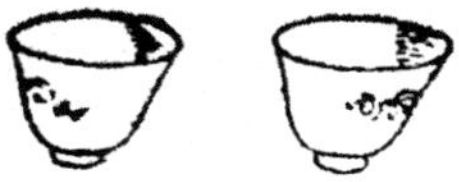

普通吃茶多用此式。

（桃园阵）

用同前。

（四平八稳阵）

用同前。

（五梅花阵）

（六顺阵）

（七星阵）

（一龙阵）

一朵莲花在盆中，
端起莲花洗牙唇。
一口吞下大清国，
吐出青烟万丈虹。

（双龙阵）

双龙戏水喜洋洋，
好比韩信访张良。
今日兄弟来相会，
暂把此茶作商量。

（桃园阵）

三仙原来明望家，
英雄到处好逍遥。
昔日桃园三结义，
乌牛白马祭天地。

（龙宫阵）

四海澄清不扬波，
只因中国圣人多。
哪吒太子去闹海，
戏得龙王受须磨。

（生剋阵）

金木水火土五行，
法力如来五行真。
位台能知天下事，
可算湖海一高明。

（六国阵）

说合六国是苏秦，
六国封相天下闻。
位台江湖都游到，
尔我洪家会诗文。

（宝剑阵）

七星宝剑摆当中，
铁面无私逞英雄。
传斩英雄千千万，
不妨洪家半毫分。

（梅花阵）

梅花朵朵重重开，
古人传来二度梅。
昔日良玉重台别，
拜相登台观奇才。

（梁山阵）

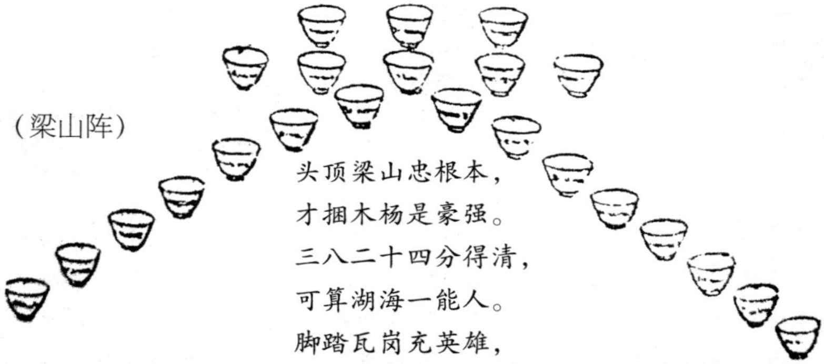

头顶梁山忠根本，
才捆木杨是豪强。
三八二十四分得清，
可算湖海一能人。
脚踏瓦岗充英雄，
仁义大哥振威风。

（单鞭阵）

若茶壶茶碗排如上图者，即为救命。于他同志之意能救者，可径饮其茶；不能救者，弃其茶，再倾茶饮之。

（顺逆阵）

上图满碗之茶为孙膑，半碗之茶为庞涓。当将两碗之茶同注壶内，再倾而饮之。

（双龙争玉阵）

先须置烛别处，将两碗茶置之整齐，然后方可饮之。

（上下图）图同前

须将下边茶碗移置上方，令两碗并列，或置于稍远之处，然后饮之。

（忠义党阵）

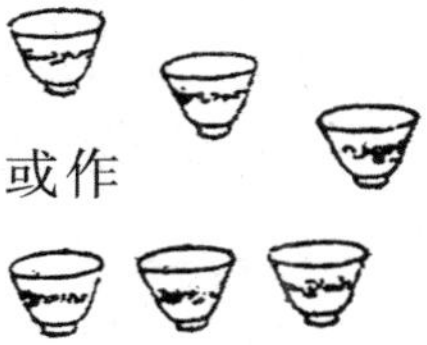

若如上图排列，当取其居中一碗饮之。

（争斗阵）

若壶口对茶碗。即献茶人欲请与争斗。其人如不应，则取中央一杯饮之可也。

（品字阵）

如此图者，须将下二碗移于上方，使与上方之碗齐，然后饮之。

（山字阵）

法同上。

（关公守荆州阵）

须将壶上之茶碗取下，与余二杯作品字形，然后可饮。

（刘秀过关阵）

受茶之人，宜执最近己身之杯，将余茶杯并列之，口呼“刘关张血盟，不可不作一列”。若原置本为一列者，即求救之意。无以应而拒之，即按前法而饮尽其茶可也。

（四忠臣阵）

此阵唯求援时布之，若为寄托妻子，而允诺之，即取左方一茶饮之。若为借钱，而允其请，则取次一茶饮之。若为允救兄弟之生命，则取第三茶饮之。若为允救兄弟之危难，则取第四茶饮之。设不能应其求，则变更茶碗之位置而饮之。

（英雄入栅阵）

移近身之二茶碗饮之，若对面之人移之，则己即置之后方，若对面之人置之后方，则己即移而饮之。

（四隅阵）

将上下茶碗移置一列，立而饮之。

（赵云加盟阵）

取下方一茶碗，齐置于上三茶碗，然后饮之。

（贫困簠簋阵）

若能扶兄弟使脱患难，则移去茶壶，任执一碗饮之。

（孔明上台令诸将阵）

将壶上茶碗取下，置于他碗同排列，饮之。

（关公护送二嫂阵）

取下壶上之碗置于左方，然后饮之。

（复明阵）

此阵当举中央一碗倾茶饮之。

（反清阵）

此阵唯中央有茶，余皆空杯。当弃中央碗中之茶，任取一碗倾茶饮之。

（赵云救阿斗阵）

先将盘中茶壶茶杯取出，然后饮茶五杯。

（患难相扶阵）

取盘外茶碗置于四碗之中央，然后饮之。

（五虎将军阵）

将茶还入壶中，再倾茶中央杯内饮之。

（古人阵）

取两端茶碗，一置于中央之上，一置于中央之下，作中字形，然后饮之。

（苏秦相六国阵）

取去茶壶，将两端茶碗移置上下作中字形，然后饮之。

（六子守三关阵）

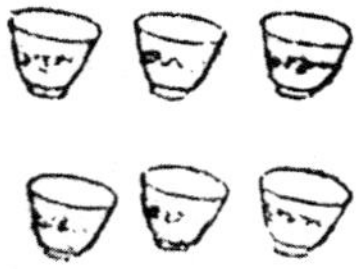

取上列之中央茶碗置于上，取下列之中央茶碗置于下，作斜中字形，而后饮之。

（七神女降下阵）

左端之茶碗所以表利己之意，不可饮，余各碗可任饮之。

（七星剑阵）

此为第一阵。左右两端之茶碗不可取，唯尖端二碗可饮。

（太阴阵）

此为第二阵。左右两端之茶碗不可取，宜将尖端一碗置于横列三碗之一线上，然后取两尖端之茶饮之。

（下字阵）

宜取下方尖出之一碗饮之。

（太阳阵）

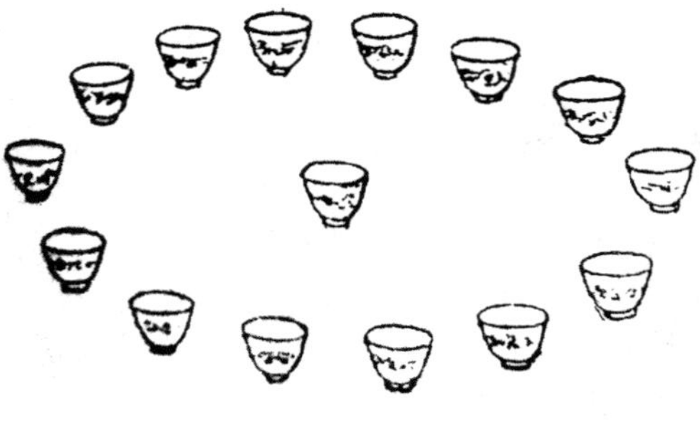

圈上之茶不可饮，唯中央一碗可饮之。

话说孙琪、蔡标各制定一种招牌，教会众兄弟，即便分布到各码头去做文武差使，扰害闾阎，自不必说。一天，孙、蔡二人同在湖南长沙结识了一个日本人名叫平山周的，劝他们加入革命党，推倒清朝，重兴汉族。正是：

英雄都自知忠义，战斗何尝费甲兵。

欲知后事如何，且听下回分解。

第三十回

合青红两帮缔密约
分黑白全书下定评

话说孙琪、蔡标自与平山周相遇，原来平山周有志调查中国社会情形，青、红两帮他都在内，极力宣传他的主义，果然甚有效果。不过一年，杭州终南山的副龙头陶成章，便与浙江、福建、江苏、江西、安徽五省各山头的兄弟会合起来，在杭州集议，打成一个龙华会。他那檄文、章程以及一切办法，详细分别开列于后：

第一　檄文

怎样叫作革命？革命就是造反。有人问我：革命就是造反，这句话如今是通行的了，但这“革命”两字，古人有得说过么？我答应道：有的，《易经》上面“汤武革命，顺乎天而应乎人”就是这两字的出典。又有人问我，革命既是顺天应人，为这么中国古老话儿，又把造反叫作“大逆不道”呢？我答应道：列位！这“大逆不道”四个字，并不是我古时仓颉圣人造字的时候，就把来作“造反”二字注脚用的。要晓得这是后来做了皇帝的人，自己一屁股坐了金交椅，恐怕别个学他的样，就同着开国军师、文武百官造出四个字来，硬派做造反的罪名。又用着粟米芝麻大的官职，又冷又臭将要腐烂的猪羊肉，骗骗那些不识羞耻、认强盗作祖宗、略识几个字的人。他说道："咄！你们听着，把'大逆不道'四个字，做了那'造反'的注脚，说我做皇帝的是天上所传授，别个不容妄想的，我便生前把个官你做，你死了，我便写一尺二寸长，四五寸阔、猪血苏木汁染红的一块小小的木头，上写着'先儒'两个字的封号，送你到孔夫子庙里去，摆在东西两廊，春秋二祭，杀猪宰羊的祭祀。"那些不爱脸的，听了这句话，便巴结到死，同狗舔屁股一样地趋奉着他。他这独夫位便可传子传孙，安稳不过了。有人要想造反，就便帮着他呋。

列位要晓得，孔夫子庙里正中供的，不是孔夫子同孟夫子么？孔夫子、孟夫子的说话，诸位兄弟们想必都愿意听的。他两位老先生说的说话，载在四书上面，明明白白，何尝说"皇帝是不许百姓做的，造反是大逆不道的"？孔夫子因为春秋时代百姓苦极了，故而教着七十二个贤人，三千个徒弟，天天商议办法。其中他第一个徒弟叫作颜渊的来问"为邦"，孔夫子就说着唐虞三代的制度，说我们做了皇帝，是要用这样制度的。还有个徒弟叫仲弓，夫子就说也可"使南面"。请看一个"使"字，孔夫子岂不比皇帝还大么？至于异种乱入中国，他老先生便恨到万分，所以说到齐国的管仲，他不过帮着桓公伐过山戎，便把他不死子纠一节大事轻轻放过了，还再三说管仲是个仁者。又恐怕后世的人解不出这个"仁"字，便道"微管仲，吾其被发左衽矣"。他老先生如今坐在大成殿上，看看这些戴红缨帽、穿马蹄袖、拖猪尾巴的，三跪九叩首地来拜他，两廊还立着元朝、清朝的走狗，不知怎样伤心呢。

至于孟夫子说话更多了，什么"民为贵，社稷次之，君为轻"，又说到武王、汤王，便说道"汤放桀，武王伐纣"，"闻诛一夫纣矣，未闻弑君者也"。这种说话，在下一时没有工夫细说，好在四书并不是世间什么少有的书本，列位可以自己去看，但不要相信那宋朝那个混账东西不过姓朱的《四书集注》便好了。

又有一个说，汤王、武王本是个诸侯，所以有力量革命，我们强煞是个百姓，哪有这种力量？所以孔夫子、孟夫子也只好嘴里说说，到底做不成皇帝。咳，这又是不懂时的话头了。春秋战国是个封建时代，所以平民做不成皇帝。到了秦汉以来，那局面就变了。列位请看看那秦始老皇，吞灭了六国，统一天下，说起他的兵力，真比后代皇帝强得多了。他恐怕人家造反，便收聚着天下的兵器，都拿来一把火烧销毁掉了。这个心思狠不狠呢？哪晓得他还没有死，韩国有个张良，拿着一个千斤重的铁锥，在博浪沙中等他出来的时候，要打死他。虽然打他不着，到处搜了十日，连影儿也搜不着半个。后来百姓晓得皇帝的本领不过如此，陈涉一把锄头，刘邦的三尺宝剑，便都等不得始皇的肉冷，就都起来了。那陈涉虽然没有做到皇帝，然中国平民头一个造反就是他，而且一个种田帮工的人，生前做到楚王，打破了封建的全局，也就可以心满意足了。那汉高祖刘邦的出身，不是一个亭长么？这秦时的亭长，就是我们现在的地保。你道他的力量，岂不比秦始皇还大么？三国时的刘备，他虽自己说是中山靖王的后代，其实这种说话，不过拿来摆摆场面，我们大家不都是轩辕黄帝的后代么？若说起刘备的出身，是个织草履卖的。至于宋朝那个赵禅郎，是列位看过戏文就没有一个不晓得他是个光棍出身。咳！可怜，可怜，他的子孙不争气，到了后来，被金国那个四太子兀术杀得无地可奔。两个老皇帝是掳到金国城去了，单只剩着一个小康王泥马渡江，做了一个小朝廷的皇帝。当时虽有个岳爷爷，惊天动地地出来，替他报仇，恨只恨岳爷爷是个宋朝的臣子，被那奸臣秦桧害死了。这个时候，岳爷爷自己肯做皇帝，怕不把江山一统打平？那元朝的贵族，也不至乘势进来，做中国的皇帝了。

列位啊，自从盘古以来，虽有那五胡乱华，一统中国的就头一个是元朝的贵族，这是汉人第一次沦入被奴役的深渊了。幸亏坐不到百年，就出一个朱洪武，把那元朝的贵族赶出神州，仍旧是我汉人做皇帝。只是朱洪武的出身，列位也都晓得，岂不是替人家看牛小厮！到着没奈何的时候，还在皇觉寺做过和尚呢。万料不到后来金朝后代女真人的贵族又乘着我们明朝年岁饥荒有了内乱、崇祯皇帝死在煤山的时节，几个做奸细的范文程、洪承畴、吴三桂，引贼开门，他又进了山海关，强占着北京城，来做我们天朝的皇帝了。那时南边都立着明朝的亲王，论理已经得了北方，他也就不当抢到南边来了。不料他狼子野心，得一想十，又带着许多军兵，把明朝南边的亲王一个个灭了。那南来的凶恶，到一处屠一处的城，不知死了多少忠臣义士，剩下来的，因为逼我们改他的打扮，又不晓得杀了多少。当时他有两句口号，叫作“留头不留发，留发不留头”。到今剃头担上竖着的那根旗杆，就是当时因为不肯剃头拿来杀了，把头挂在旗杆头上做榜样的。你道可惨不可惨？他既削平了南北，就想出种种不平暴虐的制度，我一支笔哪里写得尽。单只为防我们汉人造反，更各处要紧的省份驻扎旗兵，监守着我们，还要我们辛苦田地种出来养活他们。近来又想出新鲜法子，要想夺我们的各省田地。他凡是好的都想归给他们。那狗屁的上谕，反说是满汉平等，时价估买。啊哟！你这班满清贵族，北边近京的田地，二百年前已被你们圈占去了，难道南边的几亩荒田，你不肯舍免了么？再说，我们当时的老辈，哪一个不切齿痛恨他？独可惜各处所起的义兵，都被那班大逆不道的邪说所误，独立无助，终究没有成功。直到出了太平天国的洪秀全天王，本来我们汉人可以再见天日了，却被那曾国藩、左宗棠、李鸿章这些混账王八羔子猪狗不吃的东西，练着汉兵，反帮清朝杀我汉人。咳！这也是满洲气数未尽，我再该多吃几十年的苦。若像今日的人心，个个都晓得清朝是应该灭的，就再出几个曾、左、李也不相干了。

诸位要晓得今日的人心，为什么比从前几十年明白得多呢？这都是各国交通的好处。原来外洋各国，从没有异种人做皇帝的，就是同种的人暴虐，百姓也就要起来革命。我们如今与外国人来往得渐渐地多了，再把孔夫子、孟夫子的说话印证起来，这个道理就明白了。将来我们革命成功，外国人哪个不称赞我国？

然而也有一种口口声声拍清朝马屁的外国人，同着几个亡心昧理的中国人，居然想望清朝立宪。列位要晓得“立宪”二字怎么样解法。外面看看像是照各国的样子，实在是把权都集在皇帝同几个大官身上，却好借着“宪法”二字，用出种种的苛法来压制我们。无论各国立宪，是因为离着封建时代不远，一时不能到平民执政的时代，就把这立宪做个上下过渡的用法。我们已是平民做了皇帝、宰相千百余年，哪里还要用着立宪过渡呢？况且立宪实在是有弊病，无论什么君主立宪、共和立宪，总不免于少数人的私意，平民依旧吃苦。将来天下各国定归还要革命，况且我们又添着一个异种的政府来替我们立宪，哪里立得好呢？所以我们今日就是同种人来立宪，还要再起革命。虽然成功以后，或是因为万不得已，暂时设立一总统，由大家公举，或五年一任，或八年一任，年限虽不定，然而不能传子传孙呢。或者用市民政体，或者竟定为无政府，不设总统也未可知。然而必须看那时候我国国民程度了。但无论如何，皇位是永远不能霸占的。列位有大本领的出来，替大家办事，余外百姓也便万万不至于像今日的样子，苦的苦到万分，穷的穷到万分，他们做皇帝大官的，依旧快活到一万二千分。到那时候，也没有大财主，也没有苦百姓，税也轻了，厘捐税关也都废了，兵也少了，从此大家有饭吃了，不愁冷了，于是乎可以太太平平，永远不要造反革命了。这才是我中华民国的万岁。

或者难曰：皇帝传子传孙是我中国的老例，中国没有无皇帝的国家。唉！列位，要晓得我们中国古时皇帝，也不是世袭的。昔者唐尧的父亲高辛皇帝死了，大儿子名唤挚，做了皇帝九年。因为无道，经大众公议，革了他的皇位，立了他的兄弟唐尧做了皇帝。尧之儿子不肖，尧请于大众，寻了一位在历山耕田的农夫，名叫作舜，遂传了皇位于他。后来舜的儿子又入下流，舜请于大众，因为当其时有一军犯鲧之子名叫大禹，着实贤能，遂又传了皇位于他，那就是夏朝头代祖宗大禹皇帝了。夏禹皇帝因为治了洪水，有大功劳，他的儿子又好，大家公许了承袭，遂变为传子传孙的皇帝位了。后来孔子知道此事又有点不妙了，于是将尧舜的事迹载在《书经》第一编上头，叫大家看看，庶几或者有能照此办理。又在《礼记》上面内有《礼运》一篇，其中亦有孔夫子的说话，言明皇位当由大众公举，其言曰“大同之世，天下为公，选贤与能，使人人不独亲其亲，不独子其子，使老有所养，幼有所长，壮有所归”云云。从此看来，皇帝位置，岂是可以世袭的么？现今时势又变了，皇帝位置又当传贤不传子。

至于我们动手革命的时候，外国人不来帮扶清朝，我们一概客礼相待。兵力所到的地方，无论他是传教的、做商人的、来中国游历的，都要好好保护。或者不愿在我们交战的地方久居，我们就送他出境，等我们平定清朝，立格外优待条约，无论何国都是利益均沾。若是有人帮助清朝，不要说是外国人，越是汉人的奸细，越要杀他尽绝，外国是不要说了。但我们所杀的，是令我们打仗的外国人，譬如在我国境内外国人生命财产，即使与某国失和，也万万不肯违背公理杀戮无辜的。所以就是革命的时节，就立定了两个主意：清朝是我仇人，各国是我朋友，万万不会误会的。

至于现在所定章程，与一切所行的官制军制，等到革命成功，另外请大家议定。若是革命还没有成功，我们这个章程官制军制，就是神圣不可侵犯的条约。有人来侵犯我们的条约，或是我们兄弟们自己违背条约做事，那是我们四万万人的公敌，决定不肯放过的。我们是亲爱的朋友啊，兄弟姊妹啊，快快前来帮助啊！

天运岁次甲辰正月朔日　新中国军政省檄

第二　会规十则

第一条　宗旨　什么叫作宗旨呢？就是打定主意。我们兄弟家打定什么主意呢？就是我们兄弟家祖上的大仇，并现在种种暴虐我们的新仇，赶去了满洲皇家，收回了大明江山，并且要把田地改作大家公有财产，也不准富豪们霸占，使得我们四万万同胞的子孙不生出贫富的阶级，大家安安稳稳享福，有饭吃。

第二条　命名　什么叫作命名呢？就是定所做事体的名目。我们兄弟家所做赶去皇家的事业，并非一个人可以做得去的，还要众兄弟同心协力。所以我们的会，就叫作革命协会；山名就叫作一统龙华山；堂名呢，就叫作汉族同登普度堂。

第三条　职官　什么叫作职官呢？就是定的职位官衔是了。现在我们最要紧的事情，第一件就是练兵了。所以我们所设立的官职，第一个部分就是军政省。军政省分作内外两府。内府呢，就是叫作枢密府，所管的事件，就是筹划军饷，购买枪炮等大事。但因为内府职官与外府不同，凭票另给，所以详细的职衔不载在这的上面。外府呢，就是叫作都督府。都督府有五个：第一叫作中军都督府，第二叫作前军都督府，第三叫作后军都督府，第四叫作左军都督府，第五叫作右军都督府。这五个都督府中，每一府设立一个大都督，又有一个左都督，一个右都督。都督以下，还有统制使、军正使。军正使有三等：第一等叫作正军正使，第二等叫作副军正使，第三等叫作协军正使。军正使以下的官呢，还有巡察使。巡察使有正巡察使、副巡察使二等，还有正副介士，到了副介士为止。从统制使到副介士，随多随少，无一定的额。五个都督府正缺以外的大都督、左右都督等，都加寄衔两个字于上面，权柄位置亦是一式一样的。以上新设立的官职，乃是取法于大明、大唐的，并不是杜撰出来的。现在所授的什么官、什么职，将来就是什么官、什么职了。

第四条　对照　什么叫作对照？就是拿新官职与旧官职比一比就是了。因为现在所设的官职，同洪家、潘家的旧官职是一式一样的。现在五大都督府呢，就是以前的五堂；左右都督呢，就是以前的新副；统制使呢，就是以前的当家；正军正使呢，就是以前的红旗正管事；副军正使呢，就是以前的红旗副管事；协军正使呢，就是以前的不管事的红旗；正巡察使呢，就是以前的巡风；副巡察使，就是以前的蓝旗管事；正介士呢，就是以前的大九；副介士呢，亦是大九。圣贤总幺满并大满、小满、大幺、小八牌等，一统裁去不设。所以口号、暗号、各家名号一切者，仍其旧，内中单有黄令改作帅令，红令改作将令，蓝令改作军令。

第五条　权限　什么叫作权限呢？就是各人守各人的本分是了。譬如大都督权柄是最大的，所以自己手下的兄弟，都听他命令。但是欲举义旗的时候，必定要同枢密府商量妥当，然后可以行。若自己妄为了，枢密府是不答应的。并且不帮助他的军火，不做他的军师了。左右都督相帮大都督行事，若左右都督的上面没有大都督的时候呢，他的权柄是同大都督一样的。统制使、军正使、巡察使都听大都督、左右都督的命令，受了大都督、左右都督的委任状（委任状就是上司的札子），然后各办各的事。正介士、副介士都听统制使、军正使的命令。

第六条　黜陟　什么叫作黜陟呢？黜就是革，陟就是升，“黜陟”两个字就是革官、升官是了。我们兄弟中有功劳者升官，若本是副介士，一升就是正介士了，从此一级一级升了上去，就升到大都督了。大都督又有功劳，便在枢密府功劳簿上注定他的姓名，将来等新政府成立之后，还要大大地封着呢。若我们兄弟中犯了罪，就要革官。若本来是大都督，一革就是左右都督了，从此一级一级革了下去，就是副介士了。副介士又有罪，则受罚，或跪、或杖等不一。若不从命，则革出会，重罪劈。若犯了十条戒约，无论大都督及正、副介士，一体治罪。十条戒约附载在凭要上面，不载在此。但是升官、革官，必定要有一个凭据。因他功劳的大小，罪过的轻重，听枢密府议定，然后升的升、革的革。若正、副介士或杖、或跪、或劈等刑罚，概由大都督、左右都督为之，枢密府概不管账。行刑之时，亦由大都督、左右都督差军政司为之，枢密府亦不过问。

第七条　追恤　什么叫作追恤呢？譬如我们众兄弟中有为了会中的公事出力死了，或无辜受累死了，他的妻子孤苦，他的子女幼弱，家内又非凡地穷，妻子不能存活的时候，本会都有抚恤的费用。如子女三个人以下者，每月给洋三元；如五人以上者，每月给洋五元，等他的长子到了十八岁为止。如无子有女，给至嫁人家为止。此费由大都督、左右都督给之。若大都督、左右都督无钱时，可告诉枢密府，由枢密府给与。但是要切实查明，不得滥领滥给的。查明了他的出力功劳，枢密府簿上记了他的名，等到新朝廷立定以后，论他功劳的大小，还要封他的祖宗，荫他的妻子，使他的子孙世世代代食禄做官呢。并且还要铸他一个铜像，宣扬他忠义的名誉哩。另外若超度等事件，一切照洪家、潘家的旧规。

第八条　追罚　什么叫作追罚呢？譬如我们兄弟中有坏了良心，出卖会中秘密的事件，我们是一定要劈死他的。然而或者被他逃去了，或者另有不方便的地方，一时一刻不能劈死他，亦是有的，我们必定将他的罪恶登在枢密府罪人簿子上，等到清朝皇帝赶去以后，各省、各府、各县严拿，务必拿到，处以极刑而后已，并且还要罪及妻子呢。重者满门诛戮，轻者妻女为娼，儿子为奴，世世代代受罚无穷。还要铸他的石像一个，跪在人人往来的大路上，使人人得撒尿溺其上，同西湖上的秦桧一样。并且还要行文阴间，告诉岳爷爷，沦入地狱，万劫不超生哩。岳爷爷乃是忠义贯天的人，是最恶这等样人的。做奸细等人实在比敌人可恶十倍，所以我们一定要严治他。列位，要晓得清朝皇帝的命运已要完了，大家务要勉为忠义，不做恶人才好呢。

第九条　入会　凡入我们这个革命协会的时候，大都督、左右都督均写愿书一张，交给介绍的人，从介绍的人交给军政省收藏，然后军政省、枢密府发下委任状，给与大都督或左右都督。统制使、军政使、巡察使均写愿书一张交给自己的大都督或左右都督，然后大都督或左右都督发下委任状，给与统制使、军政使、巡察使。正介士、副介士呢，写愿书一张，交给自己的统制使或军政使，然因为不管事，所以委任状是没有的。至于各五个都督府招兄弟入会的礼式呢，各家各教各会一切都照旧，如本来不是会友、教友，则从以下所载新定的礼式。大都督、左右都督入会的时候，也且照这个样子的办法。

第十条　称呼　正副介士称大都督叫老大哥，称左右都督叫大哥，称统制使、军正使、巡察使叫二哥，对自己平辈兄弟彼此都呼老三。统制使、军正使、巡察使称大都督也叫老大哥，称左右都督也叫大哥，对自己平辈兄弟彼此均称老二，称正副介士叫三弟。左右都督称大都督也叫老大哥，对自己平辈兄弟均称大哥，称统制使、军正使、巡察使叫二弟，称正副介士叫三弟。大都督对自己平辈兄弟都叫老大，称左右都督叫老弟台，称统制使、军正使、巡察使都叫二弟，称正副介士都叫三弟。大都督、左右都督对枢密府管事都叫老哥，枢密府管事人对大都督、左右都督也都称老哥。另外见对面的礼节，各会、各教任其旧。内中单有枢密府内的人，同大都督、左右都督相见，彼此拱手。拱手时，左手掌在外，右手掌在内，左右手是平等的，所以要行平等的礼节。拱手到胸乳止，不必过高，也不必过低。书信往来称呼，也都照上边所说的。

第三　约章五条

第一条　凡在枢密府的人，如大指挥、左指挥、右指挥，懂得内地情形的，可以带领都督府座堂的职衔。又，在都督府的人，如大都督、左右都督懂得外边情形的，可以带领枢密府座堂的职衔。枢密府座堂，就是大指挥及左右指挥。都督府的座堂，就是大都督及左右都督。

第二条　凡在枢密府各部的司员，得都督府座堂差委者，亦可以做得统制使、军政使、巡察使等职。又，在都督府属下的司员，得枢密府座堂的差委者，亦可以做得枢密府联络部部长、副部长、侦探部部长、副部长及交通司大使、副使、报信使、大副使等职。

第三条　凡在都督府的人员，带有枢密府的职衔者，然后可以直接写信于枢密府商量事情。若尚没有枢密府兼衔的，必定是要由枢密府人员介绍书为凭。枢密府这一边，也照这个样子。

等四条　凡枢密府人员同都督府人员信件往来，彼此都以图章为记号。图章一处一处是不同的，这图章从枢密府发出。如若信中没有图章呢，这个信是不中用的。如图章失去了呢，必定要告诉枢密府，枢密府再另给一个图章。以前的图章就是再寻见了，也是不再用的。如若差人往来，用铜牌为记号，与图章是一样的办法。

第五条　枢密府所做的所办的件件完备，以后看定一处最要的地方，先举了义旗，立刻派人通知各处，大家都起来接应，使得清朝皇家防不胜防，大事自然而然一举就成功了，先接应为头功。所以不先约定日期同日起事的缘故呢，因为怕传了出去，清朝官家知道了提防起来，也是不好的。所以约定同日起事的旧方法不用，用现在的新法子。这个法子，就做迅雷不及掩耳了。

第四　入会礼式

凡进我们这个协会的规矩，最好是在岳庙里。若无岳庙或有在不便的地方，就在家里择一个干净的地方也可以的。行规矩的时候，设立公案，写少保忠武王岳爷爷的神位一个，位置中央。左首列一个杨将军再兴之神位，右首列一个牛将军皋之神位，杨将军下列一王将军佐之神位，右将军下列一施义士全之神位。用鸡、鹅并肉一方，如没有鹅用鸭或羊肉一方，都可以的，只要三牲就好。又用酒一大壶，杯五个，都盛半杯酒，供在神前。又另用生鸡一只，缚在神桌下，香炉一个，烛一对，安置神位前。主盟人呢，前向神前四跪四拜，拜完了起来，拿针刺臂上血一点，滴入岳爷爷神位前酒杯内。毕，位于神座之左。然后入会人也向神前四跪四拜，拜完了立起来，拿针刺臂上血一点，也滴入岳爷爷前酒杯内。事毕，立于神位之右。然后证盟人（就是香堂）进跪神前，四跪四拜，立起来炷香于神位之前，宣读进会祭文（用黄纸写的）。

第五　祭文

千载有公，继武羲轩。

气吞胡虏，威彼八埏。

觉罗不灭，公目不眠。

黄农神胄，都四亿千。

凭籍公灵，逐彼腥膻。

国命可复，配公配天。

尚飨！

读毕，将祭文向香烛上烧了，然后行刑执法者进跪神前，四跪四拜。拜完了立起来，取案下的雄鸡立在案前，叫一声主盟人的姓氏，主盟人答曰：“有。”又叫一声新入会者姓名，也答曰：“有。”又叫一声证盟人姓名，也答曰：“有。”入会人走到神前，跪下发誓：

第一誓　诚心入会，不敢反悔。如有反悔，天诛地灭。

第二誓　入会之后，协力同心，不敢畏避。如有畏避，雷殛火烧。

第三誓　会中秘密，不敢走泄。如有走泄，身受千刀。

第四誓　祭旗起义，闻命必到。如有不到，命尽五殇。

第五誓　兄弟同心，如同手足。如生外心，身死五刑。

誓毕，执法行刑者左手持鸡，右手握刀，叫曰："岳爷爷英灵鉴者，我等协力同心，誓灭清廷，报我们祖宗的大仇。有福同享，有祸同当。若有不照这句话的，难逃天殛。如若不信，请看此鸡。"说到将完的时候，将右手的刀向左手鸡头上一劈，鸡头落地，亟将鸡血滴入神前五个酒杯中，于是主盟人、证盟人及执法行刑人，并到神前跪下，再行四跪四拜之礼。礼毕，将滴血的酒四人分饮之。中间一杯，主盟人及入会人分饮之。饮毕，将神位焚化。送神散祚后，将前执法行刑之鸡烹而共食之。

行入会礼式的计开：

主盟人（即写愿书介绍的人）

入会人（新进会的人）

盟证人（执香的人做盟证者，即是香堂）

执法行刑人（就是洪家中红旗刑堂一样的人）

以上均要会中兄弟才可以做得的。

第六　入会规矩之次序

第一　先写愿书一纸，交与介绍人。

第二　愿书写后，择一吉日，行入会式礼。

第三　行过入会礼后隔一日，或二日、三日后，发委任状。

第四　发下委任状后，知会军政省本部或支部。

第五　军政省得介绍人知会后，发下图章及铜牌。

第六　本会入会的会式种种，内府的人均照此规矩。外府的人，止及于大都督及左右都督。大都督、左右都督招兄弟入自己部下时，各照各会、各教、各党的老规矩。如若大都督、左右都督本不是会党或教党中人呢，招兄弟入自己部下时，也照本会的新规。如介士以上、统制使以下的兄弟，本非会党、教党中人呢，来入的时候，也照本会新规。

第七　附录

以上所载的官名职衔，恐列位尚有不懂的地方，所以再为列位做一个表看看。内府职衔仅略示一斑，外府皆载入之。

新中国军政省

一、总司令官　二、司令副理　三、司令协理

内府　枢密府

一、大指挥　二、左指挥　三、右指挥

甲、参谋部　乙、运输部　丙、侦探部　丁、交通司　戊、报信司

外府　都督府　凡分中左右前后五部，每部中都有下列官衔：

一、大都督　二、左都督　三、右都督

甲、统制司　设有统制使，无一定的额，随多随少。每统制司上加第一、第二、第三、第四、第五、第六、第七、第八、第九等字为区别。次序虽分，大小一样。

乙、军政司

一、军政使　二、副军政使　三、协军政使

以上都无一定的额，亦都以第一至第九为区分，大小平等。

丙、巡察使

一、正巡察使　二、副巡察使

以上亦无定额，亦以一至九为区别，大小平等。

丁、介士曹

一、正介士　二、副介士

以上亦无定额，但无第一、第二等区别。

现在我们的人，凡二十一行省内及新疆、西藏、蒙古、满洲等地方，都是有的。然因中国的地方太大，所以不能不分头办事。江苏、安徽、江西、浙江、福建五省为一大部。然这五省的地方也不为小，所以又要分开来办理各事。现在我们将这五省的地方分为十路，每省二路：

第一　江苏省　江南路　江北路

第二　安徽省　皖南路　皖北路

第三　江西省　江左路　江右路

第四　浙江省　浙东路　浙西路

第五　福建省　八闽上路　八闽下路

看官，我们看了龙华会檄文、章程，可知他们的会员众多。但是青红帮中兄弟实据大半。后来黄鹤楼头白旗飘荡，不满二月，民国便告成立，却不可不归些功于青红帮徒呢。至于其他匪类，靠了青红帮的势头，在外为匪作恶，确是不少，但是做书的无暇去详细叙述了。放笔到此，暂且搁笔。有分教：

从此河山归汉室，还将血泪洒黄花。